從漢藏比較看漢語詞族的形態音韻

丘彥遂 著

五南學術叢刊

提要

《從漢藏比較看漢語詞族的形態音韻》（以下簡稱「本論文」）是作者近幾年來的研究呈現，也是作者100年度（2011）執行國科會（今科技部）的最終成果。原計畫名稱為《上古漢語與古藏語詞族之比較研究》，惟談兩種語言的詞族並進行比較，內容過於龐大，因此將範圍縮小，透過漢藏同源詞的比較觀察漢語詞族的形態音韻。

漢藏同源詞的比較，雖有學者鑽研，但各家標準不一，因此得出的結果也相差甚遠。雖說學術可以有自己的主張，但總是需要一定的標準，好讓大家取得共識，然後在此基礎上進一步完成研究。本論文的前提是：以漢語詞族為主，漢藏比較為輔。首先，建立漢語詞族，詞族中的成員必須音義都有密切關係，否則就構不成同族詞。這樣，建立起詞族之後再進行漢藏比較，就能從漢藏語的對應中，發掘出上古漢語的詞綴形態了。

古藏語是拼音文字，它的詞綴形態是很明顯的；但漢語是方塊字，從文字的表面無法看出它的古音。因此，必須借助於古藏語的比較，才能離析出上古漢語的詞綴及其形態功能。

本論文共分六章，除了第一章〈緒論〉和第六章〈結論〉外，第二章處理了「上古喉牙音的形態音韻」問題：一方面認為上古漢語跟中古漢語一樣，有一個穩定的喉塞音*ʔ-，但它跟零聲母沒有音位對立，因此可以充當上古的零聲母；另一方面則認為部分喉音影、曉、匣（為）跟見系聲母*K-同源，這部分喉音應當構擬為*ʔ-K-。第三章談「喻四和舌音的形態音韻」：本論文受到國外學者的啓發，主張喻四有兩個舌音來源：一是*ʔ-d-，一是*l-，後來合流為中古的j-；兩者在漢藏比較、諧聲系列和歷史演變中，並沒有任何衝突。第四章論及「精系聲母的詞族音義及其原始形態」，本論文接受最新的說法，認為上古漢語的塞擦音是後起的，精系聲母來自*Tj-，同時提出自己的修正意見。第五章〈駁上古流音具形態交替說〉，透過文獻語料的層層驗證，反對新派學者所主張的「*r-、*l-交替說」。

總之，本論文所討論的都是尖端問題，而且發前人所未言。針對以上任何一個議題，本論文都提出了不同的看法，有些甚至修正了前賢的意見。相信本論文的成果，可以帶給學界一定的參考。

關鍵詞：漢藏比較、上古漢語、形態音韻、詞族、詞綴、同源詞

目　錄

第一章

緒　論

傳統古音研究的任務主要是根據漢語內部的語料進行分析與統計，所得出的成果只能是音類的歸納而非音值的考訂。音類相近（指古音通轉）只表示彼此有著密切的關係，然而是什麼關係卻不得而知。因此，只靠漢語本身內部的語料有其局限，無法得出準確的結果，必須借助於親屬語言的比較，才能取得最大的成效。

第一節　研究背景

2000年，美國康乃爾大學的梅祖麟先生在中央研究院歷史語言研究所七十周年研討會上宣讀了〈中國語言學的傳統與創新〉（2000）一文，兩年後又發表了〈有中國特色的漢語歷史音韻學〉（2002）一文，首揭「主流」的旗幟，認爲必須積極建立有中國特色的漢語歷史音韻學，這種音韻學除了繼承傳統以外，還必須有所「創新」。所謂「創新」，即引進西方的歷史比較法、描寫語言學等，將它們與中國傳統的諧聲分析加以融合。例如潘悟雲先生引用藏緬語、侗台語、苗瑤語、漢越語寫成的《漢語歷史音韻學》（2000）專書；龔煌城（1934～2010）先生一系列有關漢藏語比較研究的文章等等[1]，都屬於梅祖麟先生所認爲的主流學術研究。

事實上，學術研究不應有主流、非主流（或支流）之分，這種主流、非主流之分由誰定奪，恐怕不是一個人、一句話可以說了算。加上這樣的劃分[2]，只會造成學術上的嚴重對立，對於學術之間的交流與發展，反而沒有幫助。

個人比較主張層次推進的研究。這一研究的脈絡是：如何從音類的研究提升至音值，然後再從音值的考訂構擬出整個音系。清代學者

---

1 龔煌城先生於2010年逝世，其漢藏語比較研究之著作均收錄在《龔煌城漢藏語比較研究論文集》（台北：中央研究院語言學研究所，2011年）中。

2 劃分依據恐怕是某學派之學風、做法是否屬於「語言學」？抑或「語文學」？

在上古音類（包括聲類、韻類，以及調類等）的劃分上作出了很大的貢獻，經過他們的努力，上古的音類基本上已經很清楚了。接下來的問題是：這些音類的區分是什麼？音近的關係又是什麼？這就必須進入音值的考訂了。

音值的考訂主要還是依靠歷史比較法。本來，系統的重構可以依靠語言本身的內部構擬，但那是在沒有親屬語言可供比較的前提之下所不得不採取的方法。在有大量親屬語言和域外對音材料的情況之外，首先應該考慮的是：如何在音類的基礎上進行語言的歷史比較？畢竟親屬語言之間有「血緣」關係，域外對音亦有對應規則可循。根據語言之間的歷史比較和對音規則所得出的結果，往往更接近於原始祖語的面貌，否則歷史比較法就不能成爲一種有效的、科學的、實用的方法了。

漢語的親屬語言有哪些？學界有不同的看法，例如加拿大的Pulleyblank（蒲立本）認爲漢語與印歐語同源、俄羅斯的Starosdin（斯塔羅斯金）認爲漢語與原始高加索語同源、法國的Sagart（沙加爾）認爲漢語與南島語同源等等[3]。李方桂則認爲漢語與藏緬語族、苗瑤語族、侗台語族同源，合成「一語三族」。

實際上，早在40年代，美國的Benedict（本尼迪克特，又白保羅）就已指出，漢語只跟藏緬語同源，苗瑤語、侗台語跟漢語並沒有親屬關係，它們是屬於南島語的一支。龔煌城先生接受了這「一語一族」的說法，多年後更寫下〈漢語與苗瑤語同源關係的檢討〉（2007：258）一文，從古音系統著眼，比較了上古漢語與原始藏緬語、現有的兩家原始苗瑤語的古音系統，得出以下結論：

> 漢語與苗瑤語並不是同源的語言，它們之間音義相近的

---

[3] 相關討論，詳見王士元主編，李葆嘉譯：《漢語的祖先》（北京：中華書局，2005年）。此書原為1994年7月14日至17日在香港城市大學召開的第三屆中國語言學國際會議的論文。

> 詞彙，一部分是屬於借詞，一部分則是屬於偶然的類似。

而班弨先生於《論漢語中的台語底層》（2006：151、153）一書中，透過追溯語言接觸的實際過程討論了台語底層形成的機制、特徵和判斷標準，結果發現：

> 漢台語關係詞的總體性質是底層詞。
> 也就是説，漢台語關係的實質是底層關係而非同源關係。

原來，漢語與苗瑤語、侗台語之間的關係詞，其實只是借詞而非同源詞，是從不同時期、甚至不同漢語方言借進去的。由於大量的接觸、借用，最後甚至融合，因此不容易看出它們的原貌。這也就是爲什麼：一、彼此之間的對應不成系統；二、彼此之間除了有對應的關係詞之外，還有自己的本有詞或底層詞。

正因如此，藏緬語專家戴慶夏教授於〈關於漢藏語分類的思考〉（1997：8）中，亦不得不針對漢語跟苗瑤語、侗台語的關係提出全新卻迥異的看法：

> 如果語言影響導致了語言的質變，被影響的語言與影響的語言有機地溝通之後，是否可以認為二者也是親屬語言。具體地說，是否可以認為苗瑤語、壯侗語原來與漢語沒有親緣關係，後來由於受到漢語的影響發生了質變，變為與漢語有親緣關係。

其實，從語言發生學的角度去看，當A語言受到B語言的影響之後，不管A語言起了什麼變化，兩者很明顯就是接觸關係，不能夠因爲A語言發生全面性的質變而跟B語言有機地溝通，而認爲兩者具有同源關係。如果要重新認定兩種語言的親屬關係，最好不要使用「同源關係」，可稱之爲「準同源關係」或「半同源關係」，以免造成混淆。如此看來，苗瑤語、侗台語與漢語並非同源關係已經是可以確定的了。

既然如此，上古漢語的歷史比較研究，自然應當以藏緬語爲主；至於侗台語和苗瑤語，雖非同源，但屬早期接觸，在一定的程度之下，仍然可以作爲參照。因此，本論文的操作是：先建立漢語詞族，觀察漢語同族詞的內部關係，然後再借助於藏緬語等少數民族語言的比較，觀察上古漢語的形態音韻，期待以兩種（含以上）語言的比較可以得出更令人信服的成果。

進行漢藏語族之比較研究，應該深入看到，無論是上古漢語或古藏語，彼此的詞族內部都擁有相同或相近的詞根，而詞根相同決定了同源詞之間具有音義關聯的理據。上古漢語的詞綴形態已有不少學者進行了初步的觀察與討論，例如沙加爾（Sagart 1999）、龔煌城（2002）、鄭張尚芳（2003）、金理新（2006）、丘彥遂（2008）等。目前已知，詞根相同而詞綴不同，往往反映出上古漢語詞綴的形態變化；至於上古漢語有哪些詞綴、各種詞綴的主要功能是什麼，則是有待吾輩進一步的努力。

至於古藏語的情形，由於古藏語是拼音文字，因此早在Wolfenden（1929）、Koerber（1935）、Benedict（1972）等早就已針對古藏語的詞綴形態進行了相當深入的研究。大陸學者江荻《藏語語音史研究》（2002）則是透過藏語五大方言和書面藏語的比較，第一次全面觀察藏語史的專著。張濟川《藏語詞族研究》（2009）是目前最新的研究成果，他透過詞族研究與形態研究、聲韻研究相結合的方法，不僅對藏語的構詞法、構形法以及歷史上重要的語音變化有了比較全面的了解，而且爲藏語詞族研究找到了一條可行之路。張濟川的研究明顯與外國學者不同，呈現出較爲立體的詞族形式。

個人認爲，由於時代局限以及漢字特質等因素，以往的研究偏向於個別同源詞的比較，無法深入至詞綴的部分，因此許多隱而不顯的語音線索就難以被發掘。如今障礙已經排除，缺口也已打開，若能借助前賢的成果，進行漢藏語詞族的比較，不但可以分析出上古漢語的詞綴形態，甚至可以進一步構擬出整個原始漢語的詞綴體系。

研究上古漢語，最終的目的不外乎二：一是嘗試復原已經消失的中原雅言的音系，二是說明上古至中古之間語音的演變規律。而在這兩者之外，也就是未來的研究方向，不妨再加上一條：整理漢藏語的同源詞族，重建原始漢語甚至原始漢藏語的詞綴體系。目前的研究成果是：漢語、藏語各自的詞族陸續被整理出來，而兩種語言的詞族比較即將展開。透過親屬語言之間的比較，這些詞綴的形態及其語法功能都將陸續浮現在世人的眼前。

綜上所述，漢藏語同源詞的研究目前都有學者在努力鑽研，惟將兩者的詞族結合作一比較，觀察彼此的對應關係，則少有人染指。由於「從漢藏比較看漢語詞族的音韻形態」是一塊學者尚未觸及的荒地，因此針對這一課題進行深入的研究具有非常大的意義。

第二節　文獻探討

方興未艾的上古漢語詞綴形態研究，已引起學界的重視，然而古音研究本已不易，如今更要提升至形態的層面，針對上古漢語的各種詞綴進行研究，只能說，這是一項充滿刺激的、高難度的挑戰。有鑑於此，本論文認爲，積極建立具相同詞根的詞族，從內部發現上古漢語的各種詞綴形態，這是當前必須處理的問題。

本論文所關注的核心課題雖以「漢語詞族的音韻形態」作爲研究重心，但卻是集古音學、詞源學、構詞學等爲一體，特別是本論文將進入上古詞綴的核心部分，以觀察上古漢語的形態音韻爲目標，期待突破古音研究的局限，完成前輩學者空白的部分。假如能夠建立起一組組屬於上古漢語的詞族，另外也建立起一組組屬於藏緬語的詞族，然後將這些詞族進行比較研究，分析出當中的同源形式以及詞綴形態，那麼就可以重建上古漢語、甚至原始漢藏語的詞綴體系了。以下針對重要的文獻作簡要的回顧與述評：

Wolfenden的*Outlines of Tibeto-Burman Linguistics Morphology*（1929）是一本研究藏緬語語言形態的著作，主要針對藏語、景頗語、緬甸語等語言的前綴、中綴和後綴的語法意義進行分析研究，年代雖然久遠，卻是漢藏語形態比較方面不容忽視的重要著作。Benedict的*Sino-Tibetan: A Conspectus*（中譯本《漢藏語言概論》）是研究漢藏語所必備的參考著作，該書雖然出版於1972年，至今已逾三十年，但是書中對於藏語、緬語、漢語的形態研究，仍是鑽研漢藏語形態研究的重要參考，如同構擬中古音，不得不參考高本漢的《中國音韻學研究》一般。這兩本書的重要見解，將會是本論文分析藏緬語詞綴的理論基礎。

至於最新的研究成果，則非張濟川先生之《藏語詞族研究》（2009）莫屬。張濟川先生從兩方面去識別藏語的同族詞：一是研究藏語的構詞法，一是對藏語動詞的形態變化進行系統的研究。如此一來，不但對於藏語歷史上重要的語音變化就有了比較全面的了解，同時也為漢藏語詞族的比較研究提供了豐富的語料和佐證。

上古漢語方面，早在高本漢《漢語詞類》（1937）、藤堂明保《漢字語源辭典》（1965）、王力《同源字典》就已整理出一批批漢語詞族，不過大都兩兩一對，音義之間的關聯也比較鬆散，尚未考慮到詞族內部的核心義與類別義，也就是核義素和類義素之分。劉鈞杰先生仿照《同源字典》所編寫而成的《同源字典補》（1999）、《同源字典再補》（1999）雖然有所增補，但卻仍有著以上的不足。

張希峰先生的《漢語詞族叢考》（1999）、《漢語詞族續考》（2000）、《漢語詞族三考》（2004）先列出每個詞族的譜系（譜系旁標注古音），接著分析每一個詞的語義關係，並引證相關的古代文獻，避免了前賢兩兩一組詞族的局限，對於漢語詞族的建立有莫大的幫助。殷寄明先生的《漢語同源字詞叢考》（2007）則著眼於諧聲系列中表義的聲符，以之作窮盡式的推演，共推導出二百七十一組從某聲皆有某義的詞族，對於上古音的構擬有著重大的參考價值。比較可惜的是，張、殷兩位學者的著作都有相同的缺點或局限：只完成音類層面的成果；也就是只用傳統的「古聲、古韻」相同或相近說明詞族成員的關係，而無法提升至音值層面，從詞綴形態的角度去解釋通轉問題。

Schussler的*Affixes in Proto-Chinese*（1976）是上古漢語詞綴研究的第一部專著。該書詳盡地列出上古漢字（詞）以及它們的音值；不過，由於受到時代的局限，許多形態功能尚未確定，而其擬音也有待商榷。直到Sagart的*The Root of Old Chinese*（中譯本《上古漢語詞根》，1999）才完整地構擬出上古漢語所有的詞綴，並整理出哪些詞綴各有何種功能。整體而言，*The Root of Old Chinese*的成果是豐碩的，也是成功的。當然，其中有不少地方恐怕是國人比較難以接受的，例如Sagart（1999：142）接受李方桂的二等字帶r介音的說法，同時又接受Maspéro（馬伯樂，1883~1945）早年的理論，認為邊音l和舌根音k相諧者，l實為基本聲母，而k為前綴。協調兩者的結果是：諧聲系列中，如果有二等字與來母諧聲者，彼此的關係就處理為「*kr-l-：*kə-l-」，例如「各*kə-lak：骼*^{A}kr-lak」。

繼Sagart之後，大陸的金理新先生也出版了他的專著《上古漢語形態研究》（2006），這是一本後出轉精的重要著作，作者大量使用藏緬語的語料，進行了上古漢語詞綴的構擬，許多Sagart不大合理的一家之言，到了金理新先生的系統，基本上都獲得了令人滿意的解答。本論文的詞綴理論，主要發展自金說而有所修正。例如金理新先生主張來母在上古二分，來母一等為*l-，來母三等為*r-，構擬證據來自漢藏語的比較，丘彥遂（2014）認為無論從漢語內部的諧聲通轉和音訓釋音進行觀察，甚至比較漢藏語的詞族，都無法把來母一、三等區分為兩類，因此來母二分說恐怕不足採信。

研究上古漢語，必須對藏語有一定的認識，才能取得更大的成效。有關藏語的論著，可以參考胡坦先生《藏語研究文選》（2002）中一系列討論藏語的文章，這些文章有對現代藏語的研究，也有對古代藏語的研究。對藏語有一定了解後，必須閱讀有關漢藏語比較的論文，這方面可供參考的是已故中研院院士龔煌城先生對於漢藏語言研究的論文，目前都收錄在《龔煌城漢藏語比較研究論文集》（2011）中。龔先生在漢藏語的研究領域中，一向被認爲是頂尖的專家，尤其是他從漢藏比較中構擬出的s-、r-、N-等詞綴，目前已成爲台灣學界研究上古音的重要指標。必須指出的是，龔先生只構擬了少數詞綴，如果上古漢語跟古藏語一樣，是一種以詞綴爲構詞手段的語言，那麼它的詞綴應該不會只有這少數幾個。究其原因，一是龔先生爲人謹慎，非有充分證據不願妄說；二是上古漢語已進入聲調構詞階段，大部分詞綴已凝固爲複聲母（甚至弱化爲單聲母），因此，想要離析出更多的詞綴，實在不是一件容易的事。

最後附帶一提的是，近年來，大陸出現了「新派」的說法。所謂「新派」，是鄭張尚芳先生提出來的，指的是一種新的古音學主張，這種主張認爲上古的陰聲韻並非唯閉音節，聲調源自於輔音韻尾的消失，上古音節分長短兩類等等。新派以鄭張尚芳（2003）、潘悟雲（2000）爲代表。由於新派的主張在大陸已經形成一股新興力量，因此他們的著作與相關研究不容忽視。惟「新派」一詞是否恰當，則見人見智。

丘彥遂〈從漢語同族詞看上古聲母的擬音問題〉（2010）指出，音韻層面的「音近義通」並不足以判斷同源詞，它是必要但非充分的條件；正確而有效的做法應該是將古音研究提升至形態的層面，爲同源詞建立起一組組具有同一語根源的詞族，然後構擬出這些詞族的詞根和詞綴的語音形式。由於漢字是音義結合的方塊字，無法從表面上看出它的語音形式，自然也就增加了離析和確定詞綴的困難度；因此古音構擬必須借助於諧聲系列的推演，由諧聲系列推導出所有（或大部分）漢字的上古音讀。清．段玉裁〈六書音均表〉曾說：「一聲可諧萬字，萬字而必同部，同聲必同部。」其實，不只是韻部，在同一組諧聲系列中，聲母也是有所關聯的。簡言之，雖然建立詞族只能構擬一部分漢字（詞）的上古音，然而，藉由諧聲系列的推演就可以進行大量的構擬，從而確定上古聲母和韻母的音值。

另外，丘彥遂《論上古漢語的詞綴形態及其語法功能》（2008）曾嘗試針對上古漢語詞綴的具體形態及其語法功能進行過兩方面的分析與討論：一方面，從詞綴的形態交替觀察詞綴的語法功能；另一方面，從詞性轉換的原理探討詞綴的功能變化及其構詞與派生能力。這樣，除了能夠探討詞綴的語法功能、詞族的音義相關等專題之外，還能將形態學、詞源學與古音學結合研究，以取得單方面所無法取得的成果。必須一提的是，無論是詞族的建立，還是詞綴形態與語法功能的探索，研究上古音，最終還是得回歸到音韻的層面，將研究成果全面反映在古音系統上。

綜合言之，個人的研究成果反映出：一、上古漢語的研究不能再局限於聲類、韻部之間的通轉，也不能滿足於「音近諧聲」的標準。應該深入看到，同源詞族內部擁有相同的詞根，詞根相同決定了同源詞之間音義關聯的理據。二、從詞綴形態的角度出發不但可以進行上古漢語的古音構擬，而且有過之而無不及。

總之，個人近年來的研究成果，已為漢語與藏緬語同源之比較研究提供了進一步的可能。

第三節　研究方法

研究上古漢語，若能夠建立起一組組的詞族，才能看清楚上古漢語的各種詞綴形態及其語法功能，才能進一步構擬原始漢語的詞綴體系。這時候加上藏語詞族的比較、古藏語詞綴形態的觀察等，就能彌補漢語內部材料的不足，同時也能得到雙倍的成效，等於在堅實的理論基礎上，再加一道保固。所幸近年來，漢藏語的比較研究已經取得了一定的成果，當前的研究已經進入積極地建立漢語與藏語的詞族，同時在觀念和方法上，傳統的諧聲分析、西方的歷史比較，以及當代的義素分析法，都得到充分的發揮。

首先，「歷史比較法」是十九世紀晚期在印歐語系語言的歷史比較研究中產生出來的一種方法，這種方法主要是透過兩種或以上具有相當程度關係的語言或方言差別的比較，找出彼此之間的語音對應，進而確定它們的親屬關係，最後構擬出它們的原始形式或原始祖語。確定上古漢語音值的最好方法，就是使用歷史比較法。能夠在這方面提供幫助的是漢藏語的比較，而首要的比較對象則是七至九世紀的古藏文（Written Tibetan）。由於古藏文保存了較古老的語音形式（例如具有豐富的複輔音聲母、複輔音韻尾、沒有超音段特徵等），因此，可以根據語音上的對應，並結合文獻，參酌音理，進行上古漢語詞綴的擬測。例如比較古藏語的gsum三，結合義素分析法，漢語的「三」詞族就可以處理爲：

三 *sɯm = 數目+三

參 *srɯm = 星宿+三

驂 *ʔsɯm = 駕馬+三

犙 *sɯm = 牛歲+三

古藏語的gsum往合口發展，漢語則始終維持開口的局面；一直到現在，國語、閩南語、客語的「三」仍然是開口，主要元音都是[a]。

其次，本論文以王寧教授《訓詁學原理》（1998：149-152）的詞源理論爲基礎，採用她所提出的「義素分析法」，建立一漢語與藏語的同源詞族，然後進行比較。義素分析法是王寧教授將西方詞義學的義素概念引入漢語詞源研究領域，而後形成一種全新的同源詞詞義關係的分析方法。它主要從詞義結構的角度，把詞的核義素（詞的深層隱含義）和詞的類義素（詞的表層使用義）分析出來，並排比成立體的模式，讓人清楚看到同族詞之間的意義關係。例如「失（審母質部）、佚（喻母質部）、逸（喻母質部）、泆（喻母質部）」這一組詞族的關係：

失 *st'it = 縱逸（使動詞，《說文》：「縱也。在手而逸去也。」）

佚 *ʔdit = 縱逸+百姓（自動詞，《說文》：「佚民也。」）

逸 *ʔdit = 縱逸+兔子（自動詞，《說文》：「失也。……兔謾訑善逃也。」）

泆 *ʔdit = 縱逸+水（自動詞，《說文》：「水所蕩泆也。」）

王寧教授把這一原理概括爲簡單的公式：Y[X]=N[X]+H[4]。個人認爲，這一條公式只簡單地區分核義素和類義素，並未兼顧詞族的使動、自動用法，因此暫不跟進。

本論文主要使用以上兩種方法，但不表示除了以上兩種方法以外，並沒有其他方法可供使用。研究方法的使用，主要是視研究對象來決定的；換言之，處理何種語料或問題，就使用合適該種語料或問題的方法，只要能夠解決問題，得出精確的結果，就是好方法，就值得我們使用。例如統計語料的百分比時，可以使用基本算術法；排除或然律的干擾時，可以使用概率統計法；沒有對應的親屬語料時，可以使用內部構擬法；蒐集到與漢語有接觸的臨近語言（例如古韓語、古越語等）的借詞時，可以使用域外對音法等等。總而言之，只要有利於研究，不管哪一種方法都可以使用，甚至可以交叉使用。

第四節　研究成果

按照所設定的預期成果，計畫執行結束時，必須完成了以下兩項重要的工作：

1. 建立「漢語詞族語料庫」和「藏語詞族語料庫」
2. 撰寫有關「建構上古漢語詞族的理據」之學術論文

目前已初步建立「漢語詞族」和「藏語詞族」兩個語料庫[5]，並

4　公式中的Y表示同源詞的意義關係，N表示同源詞的類義素，H表示同源詞的核義素，而X表示該組同源詞的數目。

5　「漢語詞族語料庫」和「藏語詞族語料庫」的建立，要歸功於楊濬豪、黃詩涵、阮青松三位助理前後的共同努力，以及大學部杜沛藝的支援。特此致謝！

撰寫完成：一、〈駁上古漢語r和l之間具形態交替說〉（初稿），於2012年5月國立東華大學中國語文學系、慈濟大學東方語文學系合辦之第十三屆國際暨第三十屆全國聲韻學學術研討會上宣讀。二、〈從漢藏比較看漢語詞族的形態音韻——以喻四：定為觀察對象〉（初稿），於2013年5月台北市立教育大學所舉辦的第三十一屆全國聲韻學學術研討會上宣讀。三、〈從《說文》聲訓看來母一三等的上古分野〉（收入《聲韻論叢》十八輯，台北：台灣學生書局，2014年，頁145-162）。四、〈精系的詞族音義及其原始形態〉（初稿），於2015年10月東吳大學所舉辦的第十四屆國際暨第三十三屆全國聲韻學學術研討會上宣讀。本論文即是在這些成果的基礎上慢慢累積而成。

上古漢語的詞綴形態與古藏語是否同源？兩者之間的關係是同源異流，還是異源同流？這是上古漢語詞綴研究逐步邁向系統化所必須反思的問題，也是形態研究進入高階段的象徵。

傳統的古音研究偏重於音類的歸納以及古音的通轉，聲類與韻部的音值構擬只居於次要地位，因此只要能解釋文獻典籍中，某甲跟某乙在上古的通轉即可，不必拘泥於音值的構擬。其實，音韻學除了是一門通經致用的工具學科，同時也是一門研究古漢語音系的語言學科；吾輩學習音韻學，除了讀通古書之外，還有另一神聖任務：研究古代漢語的音系問題。個人近年來之研究，即基於這一認識，由語文層面提升至語言層面，研究上古漢語的同族詞和詞綴形態，同時嘗試從詞綴的角度重新審視擬音的問題，為當代音韻學作出微薄的貢獻。由於個人的研究重心放在「上古音」這一塊不甚多學者耕耘的領域，是以所發表之文章大部分都與該領域密切相關。

法國的沙加爾教授（Sagart 1999）曾指出，漢語與南島語之間似乎存在著同源的關係。這一說法有學者贊同，也有學者反對。贊同的如大陸的鄭張尚芳（2003）、潘悟雲（2000）、金理新（2002）等，他們甚至認為漢語、藏緬語、壯侗語、苗瑤語、南島語，以及南亞語都同源，合成一個更大的華奧語系。既然漢語與南島語被假設為同源，那麼將上古漢語的詞綴形態跟南島語作一比較就勢在必行。

本研究認為，通過漢藏語與南島語在詞彙、語法方面的深入比較研究，最終可望解決原始漢藏語與原始南島語是否同源的問題。要解決這個問題，首先是建立可供比較的漢藏語與南島語語料庫，然後進一步比較兩者在詞彙甚至語法形態上的異同，如此，就能得出漢藏語與南島語是否同源的「語言學」方面的證據。

因此，本論文的研究成果將可提供作為漢藏語與南島語比較研究時的另一個觀察窗口。

第二章

上古喉牙音的形態音韻

中古四十一聲類中，屬於喉音的有影、曉、匣、喻（喻四）、爲（喻三），屬於牙音的有見、溪、群、疑，這兩組聲母在《韻鏡》、《七音略》等韻圖中，是涇渭分明的。然而，在上古，喻四的地位卻很特殊，它主要跟定、審、邪、透、神等聲母通轉，可見喻四在上古屬於舌音而非喉音[1]。

因此，本章所要討論的喉牙音，主要是「影、曉、匣、爲」和「見、溪、群」這兩組非鼻音聲母。而喻四會在下一章討論。

第一節　上古漢語的喉塞音聲母

一、上古的零聲母問題

研究上古音，離不開中古《切韻》音系。在高本漢所構擬的中古音系中，喻四被擬爲零聲母，用以解釋現代漢語一部分零聲母字的來源。事實上，現代漢語的零聲母字還有來自中古的影、爲、疑、日等母，只不過從方言比較和域外對音等語料去看，除了影母之外，爲、疑、日等母的性質明顯都不屬於零聲母。

㈠ 中古影母的構擬

高本漢（Bernhard Karlgren，1889～1978）在爲影、喻二母的音值進行擬測時，曾經作過這樣的思考：在中國南部、域外方言，以及在中國北部不少的地方，影、喻兩母的字都是完全沒有口部聲母的。如果在某一個時期中，影、喻兩母的字是沒有口部聲母的，那麼在古代漢語裡，它們是不是已經就沒有聲母？高本漢在《中國音韻學研究》（1926：271）中回答：「是沒有的。」

既然兩者都沒有聲母，那要怎麼區別呢？高本漢（1926：271-272）一度考慮小舌音聲母。他說：「如果影喻是指比k，kh，gɦ，ŋ

1　少數喻四跟喉牙音接觸，它們另有舌根音的來源，這部分留待下一章討論。

發音部位更向後的小舌音（vélaires），如同亞剌伯的後k——這是唯一剩下的發音部位——至少也應當有一個方言露出些痕跡來，可是現在並沒有這種方言。」影、喻不是小舌音，在現代方言裡又讀作零聲母，那麼理想的結論是：

> 影應該是一個塞音，同k一樣有一個清晰不送氣的爆發；喻應該是像ŋ那樣的一種較軟的聲音，它沒有顯著的爆發的成分。所以影應當是喉部爆發音如德文的ecke的起音，喻是拿元音起頭的沒有爆發音的起音，如英文的air的起音。

簡言之，影母是喉塞音聲母[ʔ-]，而喻母則是零聲母[○-]。

高本漢的擬音得到董同龢（1911～1963）的贊同。董同龢《漢語音韻學》（1968：153-154）並進一步補充說：有一項重要的線索足以幫助我們第一步分別影、喻兩個聲母，那就是聲調的變化。中古的四個聲調各因聲母清濁的不同，都分別有兩個不同的演變之道：凡中古聲母是清的，各方言都是陰平調；凡中古聲母是濁音的，它們都是陽平調。影母屬於前者，與幫、滂、端、透等母相同；而喻母屬於後者，與並、明、定、泥等同。於是可以再進一步推斷，影母字在中古都是以喉塞音[ʔ-]起首的，[ʔ-]是清音，所以聲調變化與幫、滂等母字同；而喻母字的起首都是濁音，所以在聲調變化上走了並、明等母字的路，音值可以擬訂爲○-。

然而，根據高本漢（1940）、董同龢（1968）的說法，影母在上古時期也是喉音*ʔ-，而喻母則來自舌尖音*d-和舌根音*g-兩類，如此，上古漢語是否是一不具零聲母的語言呢？

喻母的上古音值是否讀作*d-、*g-，還有討論的空間。以下擬從語音的性質、狀聲詞和中古等的架構三方面，論證上古的「零聲母」事實上是由喉塞音的影母字充當。

㈡ 喉塞音的聲學特徵

關於喉塞音的語音性質，可參考王力（1900～1986）的意見。王力《漢語音韻》（1963：10）指出，喉音（glottal）的「發音部位在喉頭，有閉塞音，有摩擦音。喉塞音發音時，聲帶合攏，聲門緊閉，然後突然放開，國際音標寫作[ʔ]。例字：廣州「安」[ʔɔn]，上海「屋」[ɔʔ]。」

王力把廣州的「安」視爲帶喉塞音，主張在廣州話的聲母系統中有一個喉塞音聲母[ʔ-]。然而，袁家驊《漢語方言概要》（1989：180、201）、李新魁《廣東的方言》（1994：70-71）、白宛如《廣州方言詞典》（1998）、詹伯慧《廣州話正音字典》（2002）、侯精一《現代漢語方言概論》（2002：176、178-182、195）等，都不認爲廣州話有喉塞音，只有侯精一（2002：181）指出：

> 中山石岐話……中或低元音起首的字，往往來一個聲門爆發音。高元音i、u、y一般是元音性起音；i、u當介音時，有時帶摩擦性，但摩擦程度比廣州話輕。在中山石岐話中，ʔi、i或ji不存在對立現象，u和y的情形亦類似，今一律作零聲母處理。

從這裡可以看出，只要不造成音位上的對立，不管是ʔ-、○-或j-，都可以視爲零聲母。

那麼，「零聲母」又是什麼性質的聲母呢？王力《漢語史稿》（1957：129）說：

> 所謂零聲母，是指以元音起頭的字；因為沒有輔音起頭，所以叫做零聲母。以i，y，u，起頭的字，可能是半元音j，ɥ，w；但是，從音位觀點看，可以不必加以區別。

所謂「不加以區別」，王力（1963：17）進一步解釋說：「零聲母只算一類，不再區別它拿什麼元音開頭。」

不過，早在霍凱特《現代語言學教程》（1958：65）的時候就已經指出：「在英語裡，著重發ouch！之類的感嘆詞時，開頭往往帶有一個喉塞音，不過在音位上，這個詞的開頭是個元音（/áwč/）。在許多語言裡，喉塞音經常出現，並且跟其他類型的發音有音位對立。」換言之，零聲母字有時候也帶有喉塞成分的，只不過這種喉塞成分並沒有造成音位上的對立，因此可以不必理會它。

林燾、王理嘉《語音學教程》（1995：79）指出：「有一些北京人在讀『挨』āi、『歐』ōu、『恩』ēn一類音節時，開頭也緊縮一下喉部，成爲以[ʔ]開頭的音節。」這種緊喉特徵也是沒有音位作用的。既然沒有形成獨立的音位，那麼帶有輕微喉塞成分的音節和不帶喉塞成分的音節就沒有區分的必要，帶不帶喉塞都同在一個音位，它們都是零聲母字。

零聲母開頭的音節往往帶有輕微的喉塞成分，這種喉塞成分潘悟雲先生認爲根本就是零聲母的表現。潘悟雲先生在〈喉音考〉（1997：211）一文中說：

> 從語音學角度來説，一般塞音屬於發音作用（articulation），而喉塞音則屬於發聲作用（phonation）。發聲作用就是聲門狀態對語音音色的影響。……所以，喉塞音與其説是塞音，不如説是發一個元音的時候，聲門打開的一種特有方式，與耳語、氣聲一樣屬於一種發聲作用。

潘先生的說法基本上是對的。事實上，零聲母的字在發音的時候，總是帶有輕微的緊喉性質，尤其是當它接低元音的時候更爲明顯，例如[a]跟[ʔa]之間，除非刻意區別，否則要分辨兩者的語音差異實在是很困難的。

然而，在高元音方面，元音帶不帶喉塞音，或一個音節是不是屬於零聲母就很容易區分了。試以[i]、[u]、[a]和[ʔi]、[ʔu]、[ʔa]作一比較，可以發現低元音[a]和[ʔa]之間的差異非常小，因爲[a]總是帶有喉塞成分，聽起來跟喉塞音的[ʔa]差別不大。然而，[i]與[ʔi]，[u]與[ʔu]之間的差異就非常明顯了，[ʔi]、[ʔu]帶有喉塞音，而[i]、[u]則是典型的零聲母，元音前面完全沒有喉塞成分。了解這一點之後，對於王力把廣州話的「安」[ɔn]記作[ʔɔn]就不會感到意外了。

㈢ 不具音位的緊喉作用

零聲母既然和喉塞音非常接近，而且在沒有音位對立的情況之下，兩者自然可以視爲同一個音位，合併爲一個，不必強作區分。

中古影母的性質一般遵照高本漢的主張，認爲是一個喉塞音聲母[ʔ]。然而陸志韋（1894～1970）第一個主張影母沒有必要擬測爲喉塞音。陸志韋在〈試擬《切韻》聲母之音值——並論唐代長安語之聲母〉（1940：510）一文中說：

> 「烏」與「於」同為無聲之聲。高本漢、馬伯樂作ʔ，則與喻母強作分別，初無一絲證據。今以喻三喻四並作摩擦，則影母無作ʔ之理由。

「烏」與「於」同屬影母；「烏」是影母的一、二、四等，「於」則是影母的三等。所謂「無聲之聲」，指的就是零聲母。陸志韋認爲「烏」與「於」都是零聲母，沒有證據也沒有必要擬作[ʔ]。只要能跟喻三喻四的摩擦音（半元音）作區別，影母擬作喉塞音或零聲母都可以。所以，陸志韋《古音說略》（1947：10）再次重申：

> 喻三喻四既然都是輔音，跟影母就不衝突，所以影母的音符也不必從馬伯樂高本漢訂為喉塞的ʔ。方言的影母有

時候也許真有帶ʔ的，然而不必列為中古音的音符。

必須注意的是，陸志韋並不否認在方言中有喉塞音聲母的存在。既然方言中有可能存在喉塞音聲母[2]，那麼他爲何還要主張把影母擬作零聲母[◯]呢？最可能的理由是，正如前面所述，方言中的喉塞音聲母與零聲母都在同一個音位，基於沒有音位上的對立，影母自然沒有必要擬作[ʔ]，而可以直接擬爲[◯]了。

陸志韋的主張被王力所採納[3]。王力（1957：129）在談到現代漢語零聲母的來源時，指出i、u、y三類零聲母有一個共同的情況，即它們都是從中古的爲、喻、疑、影四母變來的；至於a類零聲母，它只有兩個來源，就是疑母和影母[4]。

不但現代漢語、中古漢語沒有喉塞音聲母[ʔ-]，就連上古漢語王力也認爲沒有。因此，在王力的聲母系統裡，從古至今，就只有零聲母而沒有喉塞音聲母。

二、從狀聲詞看上古影母的音值

在爲數不少的影母字當中，有一些字是比較可以看出影母在上古是屬於或等同於零聲母的。透過對這些字的觀察，可以幫助我們進一步了解上古音中的零聲母。本文共選了五個狀聲詞（含感嘆詞），並逐一分析如下：

1. 烏哀都切，影模合一

「烏」*ʔa，影母魚部。《說文．烏部》：「烏，孝烏也。象形。孔子曰：『烏，亏呼也』。取其助气，故目爲烏呼。」段玉裁

---

2 《漢語方音字彙》（1989）所蒐集的各方言語料，都沒有喉塞音聲母；然「方言音系簡介」所介紹的各方言，大部分都被注明零聲母帶有輕微的喉塞成分。

3 王力（1957：50，註1）：「影母的擬音採用了陸志韋先生的說法。」

4 為、喻、疑、影四母，王力作：雲（ɣĭ-）、餘（j）、疑（ŋ）、影（◯）。

注：「亏，各本作盱，今正。亏，於也。象气之舒呼者，謂此鳥善舒气自叫，故謂之烏。」《詩．小雅．正月》：「瞻烏爰止，於誰之屋？」「烏」即烏鴉，本身就是個狀聲詞，它的讀音是烏鴉叫聲的模仿。

《韓非子．難二》：「烏乎！吾之士數弊也。」「烏乎」即「亏呼」、「烏呼」，擬音作*ʔa *ha，正是現在國語的「啊～」、「啊呵～」的意思。

另外，《說文》從「烏」得聲的「歍、瑦、鄔、隖、螐」五字，清一色都是影母魚部字，並未摻雜其他聲母。而「烏」的或體「於」，也是影母魚部字，從「於」得聲的「閼、瘀、淤、菸」四字也都不雜其他聲母，皆屬影母魚部（除了「閼」烏割切，曷開一，上古入月部）。可見，這些字上古都屬零聲母。

2. **焉**謁言切，影元開三

「焉」*ʔjan，影母元部。《說文．烏部》：「焉，焉鳥，黃色，出於江淮。」段玉裁注：「今未審何鳥也，自借爲詞助而本義廢矣。古多用焉爲發聲，訓爲於，亦訓爲於是……」「焉」既多用爲發聲，且訓爲「於」，那麼讀音必然很像。

《廣韻》「焉」字有影母（謁言、於乾二切）、爲母（有乾切）二讀，但《說文》從「焉」得聲的「蔫、嫣、鄢、傿、滆」五字卻只有影母一讀，而且都歸屬上古元部，相當一致。

3. **噫**於其切，影之開三

「噫」*ʔjə，影母之部。《說文．口部》：「噫，飽出息也。从口，意聲。」段玉裁注：「各本作飽食，今依《玉篇》、《眾經音義》訂。息，鼻息也。〈內則〉：『在父母舅姑之所，不敢噦噫。』」「噫」是吃飽之後所發出的聲音，自然以零聲母或喉塞音聲母表示最爲恰當。

然而，到了《廣韻》，「噫」只有「恨意」、「噫氣」兩個意思，而沒有《說文》所說的「飽出息也」。倒是《廣韻》「唉」

（於駭切，又於來切）之下有「飽聲」一義[5]。看來「噫」的「飽出息也」一義到了中古以後，已經轉移到「唉」字去了。因此，不管「噫」或「唉」，這兩個表示吃飽打嗝的聲音都應該被當作零聲母看待比較恰當。

另外，「噫」在先秦已作嘆詞使用，例如《論語．子張》：「子夏聞之曰：『噫！言游過矣！』」這裡的「噫」其實就相當於現代漢語的「哎」，都是表示感嘆的意思。這樣的感嘆口吻，自然應以零聲母發聲為優。

4. **啞**衣嫁切，影禡開二

「啞」*ʔra，影母魚部。《說文．口部》：「啞，笑也。从口，亞聲。《易》曰：『笑言啞啞。』」段玉裁注：「馬融曰：『啞啞，笑聲。』鄭云：『樂也。』」很顯然地，「啞啞」是歡笑的狀聲詞，相當於現代漢語的「哈哈」。《說文》沒有「哈」字，「啞」其實就是古代的「哈」。古人用*ʔra去模仿笑聲，正如今人用ha去表示。

又，「啞」字在先秦已有表示感嘆的用法，例如《韓非子．難一》：「師曠曰：『啞！是非君人者之言也。』」這裡的「啞」，正是現代漢語表示感嘆的「啊」、「呀」。

另外，《說文》從「亞」得聲的字除了「啞」之外，還有「惡、錏、誈」三字，它們全都是影母魚部字。

5. **喔**於角切，影覺開二

「喔」*ʔrok，影母屋部。《說文．口部》：「喔，雞聲也。从口，屋聲。」所謂「雞聲」，指的就是雞叫聲或雞啼聲，擬音*ʔrok正符合雞隻「喔喔」叫的聲音。

另外，「喔」的聲符「屋」屬上古屋部，而《說文》從「屋」得

5　《說文．口部》收有「唉」一字，但只有「應也」一義，並沒有《廣韻》所收的「飽聲」或「飽息出也」。

聲的「渥、握、偓、楃」四字全屬屋部，聲類也全都是影母字。

此外，上古的零聲母由影母充當，還有一個很重要的根據，那就是從等的結構去觀察。在中古的韻圖中，影母出現在一、二、三、四等，而爲母只出現在三等、喻母只出現在四等。從反切下字去觀察，影母字四等俱全，但爲母和喻母卻只有三等韻字。如果上古的零聲母是爲母或喻母的來源之一，那麼爲何零聲母的字只跑到三等或四等去了？其他等的位置有沒有來自上古的零聲母字呢？如果有，它們變成了哪些聲類？如果沒有，爲何上古的零聲母字不會出現在中古的「洪音」位置？

以上兩個問題恐怕都不好回答。可是，如果我們假設影母本身就是來自上古的零聲母，那麼問題就很好解決了。中古的影母四等俱全，既出現在洪音，也出現在細音，而且字數非常多，完全符合零聲母具有能產性、普遍性的特點。這些條件都是爲母、喻母所不具備的。尤其是喻母的來源，蒲立本（1973）、薛斯勒（1974）、包擬古（1980）、鄭張尚芳（1984）、潘悟雲（1987）、龔煌城（1990）等學者一致認爲來自上古的*l-（少數與舌根音相諧的字來自舌根音或小舌音），這樣，屬於上古零聲母的字就更少了，上古的零聲母字不應當如此貧乏。由此可見，爲母和喻母不可能是上古的零聲母，能夠充當上古零聲母的，只有中古的影母。

三、從歷史比較看影母的語言層次

㈠歷史比較的層次分析

潘悟雲（1997）先生從漢藏語、侗台語的比較中，發現影母在這些親屬語言中往往表現爲小舌塞音q-的形式，而不是傳統所認爲的喉塞音*ʔ-，因此主張，影母在上古時期是個小舌塞音*q-。

由於潘先生也舉了「烏」、「啞」這兩個例字作爲論證的依據，本文在此不得不加以討論。

1. **「烏」字辨**

首先是「烏」字，潘悟雲（1997：11）先生列出十六種侗台語「烏鴉」的核心詞根：

武鳴壯語	ka^{1}	龍州壯語	ka^{1}	剝隘壯語	ʔa^{1}	布依語	ʔa^{1}
臨高語	ʔak^{8}	泰語	ka^{1}	傣雅語	ka^{1}	版納傣語	ka^{1}
德宏傣語	ka^{2}	侗語	ʔa^{1}	㑣佬語	ka^{1}	水語	qa^{1}
水婆語	qa^{1}	莫語	ʔa^{1}	佯僙語	ka^{1}	毛南語	ka^{1}

從以上語料可以看出，「烏鴉」在這些語言中的核心詞根聲母有三種：q-、k-、ʔ-，而原始的聲母應該是*q-，因為k-、ʔ-的發音都比q-容易，由q-演變為k-、ʔ-比較好說解。

此外，潘悟雲（1997：213）先生又羅列二十八種藏緬語同源詞的核心詞根：

藏文	ka	墨脫門巴	ʔak
道孚語	kɑ	卻域語	qa^{33}
札霸語	kha^{55}	貴瓊語	ka^{35}
……（中略）			
阿昌語	kǎ^{31}	爾龔語	qa
碧江白語	tɕɑ^{44}	景頗語	kha^{33}
達讓登語	klɑ^{55}	九龍普米	qɑ^{11}

然後，認為「烏鴉」的核心詞根在以上藏緬語中的同源關係也很明顯。這些聲母大部分作q-或k-，只有少數作ʔ-；ʔ-顯然不會是原始形式，從ʔ-變作k-或q-都難以解釋得通。

從以上語料去看，我們不得不佩服潘悟雲先生的觀察力，能夠在各詞的不同形式中，找到相同或相近的核心詞根。然而，個人發現，古藏文（即藏文書面語）所收「烏鴉」一詞作pho rog，與潘先生的ka有所出入。藏文拉薩話則有兩讀：kha^{55} ta^{55} / po^{55} ro^{52}，在卻域話中也有兩讀：qa^{33} lə^{55} / phu^{55} ro^{55}，當中的po^{55} ro^{52}和phu^{55} ro^{55}，正好跟古藏文的pho rog對應。古藏文的時代可以追溯至九世紀（甚至七世紀），比已有聲調的拉薩話、卻域話還要早許多，那麼這是否表示，親屬語言中的QA、KA、ʔA，其實是早期接觸的關係，它們並不是原始形式？

更重要的一點，歷史比較是羅列親屬語言中，有關係的同源詞、借詞（合稱「關係詞」）進行祖語的擬構。例如羅列藏緬語只能上溯至原始藏緬語，同樣，羅列侗台語也只能上溯至原始侗台語。要達到原始漢藏語的層次，必須用其他語料作進一步提升。

上古漢語的層次低於原始漢藏語，要擬測上古漢語，應該以漢語本身的語料爲主。

現在回過來看漢語本身的語料。當我們羅列出《說文》中從「烏」得聲的字時，就會發現：《說文》從「烏」得聲的字有「歍、瑦、鄔、隖、螐」，全都是影母魚部字，即使是從「於」（「烏」的異體字）得聲的字：「於、閼、瘀、淤、菸」，也全都是影母魚部字（只有「閼」入月部）。這些字的音値應該怎麼擬呢？潘悟雲先生主張上古影母是*q-，連帶地把曉母和部分匣母擬爲同部位的*qh-、*ɢ-，可是從「烏」從「於」得聲的字卻沒有一個通曉、匣二母的，這是什麼道理呢？也許是因爲這些字的聲母並不是小舌塞音，而是自成一類的喉塞音，所以才不通其他聲母，包括曉、匣二母吧！

2.「啞」字辨

其次是「啞」字。潘悟雲（1997：214）先生認爲上古的「啞」字跟藏緬語的「啞巴」對應，並羅列證據如下：

納本義語	爾蘇語	呂蘇語	珞巴語義都
a^{33} qa^{55}	$kɑ^{33}$ $phɑ^{55}$	$kɑ^{53}$ ba^{53}	$kɑ^{55}$ $pɑ^{55}$
拉祜語	土家語	語格曼	登語達讓
$tɕhɔ^{33}$ $qɑ^{11}$	ka^{21} pa^{21}	$kɑ^{31}$ $wɑ^{35}$	$kɑ^{31}$ $pɑ^{55}$

對於這些語料，潘悟雲先生並沒有多作解釋。不過可以推測，他認爲核心詞根是qa、qɑ、ka、kɑ，而原始聲母是*q-。

然而，前面說過，《說文．口部》：「啞，笑也。从口，亞聲。《易》曰：『笑言啞啞。』」段玉裁注：「馬融曰：『啞啞，笑聲。』鄭云：『樂也。』」這個「啞」字，明明是歡笑的狀聲詞，相當於現代漢語的「哈」，又怎麼可以拿去跟藏緬語的「啞巴」作對應呢？

倒是《說文．疒部》「瘖」字下云：「不能言也。」《國語．晉語四》：「嚚瘖不可使言。」韋昭注：「瘖，不能言者。」《禮記．王制》：「瘖、聾、跛、躃、斷者、侏儒、百工，各以其器食之。」鄭玄注：「瘖，謂口不能言。」《呂氏春秋．本生》：「有味於此，口食之必慊，已食之則使人瘖。」「瘖」字皆作「啞」或「啞巴」解。上古的「啞巴」其實就是這個「瘖」字。至於「啞」字作「啞巴」解是後起的，不過最晚在戰國已經有了，因爲《戰國策．趙策一》說，豫讓「又呑炭爲啞，變其音」。那時候的「啞」，恐怕也已經是喉塞音了吧！

同樣，從漢語本身去看，「啞」字的聲符「亞」，以及從「亞」得聲的「惡、錏、證」諸字，上古都屬影母魚部，完全不通曉、匣二母，那麼這一系列的字在上古自然應該擬作喉塞音*ʔ-比較妥當。

㈡ 關係詞的中古層和上古層

從歷史比較的角度去看問題往往可以有意外的收穫。潘悟雲先生的主張不管正不正確，至少已經帶給我們很大的啓發。漢語與親屬語對應的同源詞，有時得出來的不一定是上古音的形式。例如「鴨」

字，《廣韻》作「烏甲切」，上古歸屬影母盍部，可擬爲*ʔrap。可是，這個字《說文》不收，按照王力先生的做法，是不應該替它擬音的。

拿屬於中古的「鴨」字去跟苗瑤語作比較，可以發現彼此之間有非常相近的語音形式[6]：

「鴨」ʔap（中古音）	嘎奴 ʔo^{53}	優勉 ʔaːp^{55}
	噉孟 ʔo^{33}	金門 ʔaːp^{35}
	巴哼 ʔa^{53}	標敏 ʔat^{53}
	優諾 ʔai^{55}	藻敏 ʔap^{44}
	東努 ʔo^{32}	
	努努 ʔo^{22}	
	霍訥 ʔue^{35}	
	炯奈 ʔai^{55}	
	巴那 ʔai^{55}	

中間那一行苗瑤語已經失去了入聲韻尾，但右邊那一行卻仍然保留雙唇塞音韻尾。其中，優勉語的ʔaːp^{55}、金門語的ʔaːp^{35}和藻敏語的ʔap^{44}，更可說是完全保留了中古音的形式。這樣的列子正好說明中古的影母是個喉塞音聲母，而零聲母可以由喉塞音充當。

有時候提供漢語與親屬語對應的可能不是同源詞，而是借詞。這個詞甚至不清楚所保留的是上古音形式，還是中古音形式。例如：

「鞍」*ʔan，烏寒切，影母元部。《說文．革部》：「馬鞁具也。从革，安聲。」段玉裁注：「此爲跨馬設也。……《春秋經》有鞍字。」邢公畹（1914～2004）認爲，「鞍」字與侗台語的「鞍」對應。邢公畹《漢台語比較手冊》（1999：257）說：

6　苗瑤語的語料取自陳其光：〈漢語苗瑤語比較研究〉（2001），頁273、315。

> 這個字除傣雅長a變短，德宏1調變6調外，全部侗台語都作ʔaːn[1]，有人説，這是一個漢語借詞。如果是的話，那就只好説是在侗水語和台語未分家之前借過去的，那就是很古很古的事了，説不定漢族一開始有「鞍」字，侗台族就借走了，但這樣説，那就很滑稽了。

從邢公畹這番話可以推知，侗台語的ʔaːn[1]（鞍）或許是個漢語借詞，但這不很重要，重要的是，它被借到侗台語去的時間非常古早，可能古早至上古時期。因此，「鞍」這個字所保留的形式，可能是上古音的形式。

此外，根據陸志韋（1947：228）的統計，《說文》形聲字中，見母與見、溪（苦＋去）、群（渠）、匣（胡）通轉的例分別是333、141（128＋13）、34、289；而影母（烏＋於）與影、曉（呼＋許）、匣、爲（于）通轉的例分別是189（88＋101）、9（4＋2＋1＋2）、46（36＋10）、126（10＋116）。在潘悟雲先生的上古音系統裡，見（*k-）匣$_{一}$群（*g-）是清濁相配的舌根音聲母，而影（*q-）匣$_{二}$爲（*G-）則是清濁相配的小舌音聲母。從陸志韋的統計數字來看，見：匣$_{一}$群是333：656，而影：匣$_{二}$爲則是189：172，影母字的比例明顯多了許多。因此，影母字在上古應當二分，一歸喉塞音*ʔ-，另一則歸帶前綴的舌根音ʔ-k-（有關後者的形式，下文會詳細交代）。

第二節　上古漢語的喉擦音聲母

一、匣母上古二分說

1939年，羅常培（1899～1958）在〈《經典釋文》和原本《玉篇》反切中的匣于兩紐〉（1939：120-121）一文中，引述李方桂

（1902～1987）的一個非正式的說法，認爲匣母可能有*gʻ-、*ɣ-兩個來源。不過，這一說法李方桂本人並沒有採納，李方桂不採納的原因可能如他在〈上古音研究中聲韻結合的方法〉（1983：6）中所說：

> 上古音有兩個聲母，一個是匣，一個是群；群母後來變成群，可能一部分匣母也是群，那麼其餘的喻三等就是匣母變來的。我覺得這樣不妥當。這是為了解釋《切韻》的演變而人為地讓它規則化。我認為，不應為出現一些不規則的問題而增加聲母、韻母的數目。因為如果聲母、韻母加得很多，一切都規則了，那樣就根本用不著擬測了，就把《切韻》音都推到上古去，一切規則都下來了。

的確，如果凡事要規則的話，一切都由《切韻》或《廣韻》的音系往上推即可，不需要再考慮《詩》韻和諧聲的問題了。但是這一來，恐怕很多地方都不符合上古語言的實際，把本來屬於正韻的變成合韻、屬於諧聲的變成不諧聲了。

李方桂不接受匣母二分的做法，或許還存在另一層考量，那就是在他的古音系統中，舌尖擦音只有清聲母*s-而沒有相配的濁聲母*z-，因此不應該把匣母二分，構擬出一個濁擦音*ɣ-來。

然而，越來越多學者發現，李方桂的這一說法事實上是站得住腳的，因爲從各種材料去檢驗匣母字，似乎都能得出匣母字在上古可以二分的結論。例如丁邦新（1983）先生從閩語論證上古匣母應當二分；邵榮芬（1991、1995）先生根據《說文》形聲字、梵文對音和現代方言去分析匣母字，又使用通假字、異文和《說文》讀若等資料進行檢驗；李玉（1994）先生則根據簡牘帛書中的通假字進一步證明匣母字可以二分。

既然匣母可以二分，那麼分開之後的音值又如何構擬呢？以上的學者都把匣一（與k類有關係者，含kh、g）擬作*g，匣二（與k類沒有關係者）擬作*ɣ，似乎沒有什麼爭議。唯一美中不足的是，他們都沒有針對李方桂當時的顧慮提出說明。

1997年，潘悟雲先生在〈喉音考〉一文中，正式提出上古漢語有小舌塞音的說法，認爲中古的影、曉、匣（部分）在上古是一組小舌塞音*q、*qh、*ɢ。鄭張尚芳先生在〈上古音研究十年回顧與展望（一）〉（1999：58）一文中認爲，潘悟雲的說法「很好解釋了『云』母既與『群』母糾纏又有區別的問題，解釋了『熊』，朝鮮借作kom，『右』泰文作khua之類雲母塞音化現象的來歷」。並且接受了他的主張。

不過，把匣母構擬爲*g-、*ɢ-兩類卻引發另一個問題：上古漢語的聲母只有舌尖清擦音*s-而沒有舌根清擦音*x-或喉擦音*h-。另外，上古漢語的「嗚呼」是古人的感嘆詞，擬作*ʔa *ha再自然不過，如果根據潘悟雲先生的主張擬爲*qa *qha，那就不像一個人在舒氣的時候所發出的聲音了。

二、從狀聲詞看上古的喉擦音聲母

中古的喉音字曉、匣、爲，在上古屬於塞音還是擦音，我們不妨從古籍所記載的狀聲詞（含語氣詞）著手，觀察它們的表現，因爲這些聲音往往代表當時語言的實際情況，特別是那些有記載如何發聲的語氣詞，更能反映出古人所發出的聲音的面貌。不過必須注意，有些語氣詞不一定狀聲，它們有可能只是一個被用來記載聲音的符號，而這個符號跟實際所發出的聲音並沒有太大關聯。對於這類語料，本文不取。

本文共選了七個狀聲詞（含語氣詞），並逐一分析如下：

㈠ 曉母字

1. 呼、嘑荒烏切，曉模合一

「呼」，曉母魚部。《說文・口部》曰：「外息也。从口，乎聲。」段玉裁注：「外息，出其息也。……人用此爲號嘑、評召字，非也。」而「嘑」字，《說文．口部》曰：「號也。从口，虖聲。」段玉裁注：「號部曰：『號，嘑也。』是爲轉注。」並解釋說：「雞人夜嘑旦以嘂百官，此嘑字之僅存者也。若銜枚氏嘂呼歎鳴，〈大雅〉：『式號式呼』，以及諸書云叫呼者，其字皆當作嘑，不當用外息之字。嘑或作謼。崔靈恩《毛詩》：『式號式謼』。」所謂積非成是，「呼」、「嘑」雖然本不同，但到了後代，確實如段玉裁所說的，「人用此（呼）爲號嘑、評召字」而不分了。

「呼」本是外息，它的聲音似乎就是呼氣（「出其息」）的模仿，算是狀聲詞。在先秦典籍裡面似乎找不到用「呼」、「嘑」字去模仿聲音的證據，不過在明代的《西遊記》裡面卻有這樣的用法。《西遊記》二十五回：「向巽地上吸一口氣，嘑的吹將去，便是一陣風。」明代如此，上古是否也是如此呢？不容易回答。但個人認爲，「呼」字既然是「出其息」，那麼所發出來的聲音就應該是*ha而不是*qha[7]。

2. **唬**呼訝切，曉禡開二

「唬」，曉母魚部。《說文．口部》曰：「唬，虎聲也。从口、虎。」段玉裁注：「《通俗文》曰：『虎聲謂之哮唬。』當讀呼去聲，亦讀如罅。字从虎、口，虎亦聲也。」很明顯，「哮唬」或「唬」都是狀聲詞，是老虎聲音的模仿；《玉篇》、《廣韻》也說：「唬，虎聲。」可見「唬」字的上古音應當擬作*hra。

3. **虖**荒烏切，曉模合一

「虖」，曉母魚部。《說文．虍部》：「虖，哮虖也。从虍，乎聲。」段玉裁注：「口部曰：『哮，豕驚聲也。唬，虎聲。』《通俗文》曰：『虎聲謂之哮唬。』疑此哮虖當作哮唬。《漢書》多假虖爲

7　明代的「嘑」（吹氣）已是xu，跟上古的「出其息」*ha可能存在氣流強弱之分。

乎字。」「虖」也是一種聲音的模仿，段玉裁認爲可能是虎聲，這樣的想法上承自《廣韻》，因爲《廣韻》另外收了兩個音：一、虖，虎吼，況於切；二、虖，歎也，戶吳切。其中況於切所表示的意義「虖，虎吼」正是虎聲。

「虖」字也通作「呼」，例如《漢書．武帝紀》：「嗚虖！何施而臻此與！」顏師古注：「虖讀曰呼。嗚呼，歎辭也。」又〈賈誼傳〉：「烏虖哀哉兮，逢時不祥。」可見這個「虖」的上古音也是*ha。

另外，《說文》從「虖」得聲的有「嘑、歑、謼、鏬、樗」五字，除了「樗」字是徹母之外[8]，其他都是曉母魚部字。而「虖」本身又從「乎」得聲，可見這些字在上古應該屬於喉擦音才對。

4. 歑荒烏切，曉模合一

「歑」，曉母魚部。《說文．欠部》：「歑，溫吹也。从欠，虖聲。」《玉篇》：「歑，出氣息也。」「歑」字也一樣，是吹氣聲的模仿，既然是吹氣聲的模仿，就可以跟「呼」一樣擬作*ha了。

從通假來看，「歑」也可以通作「呼」，當感嘆詞使用。例如〈漢仲秋下白碑〉：「歍歑悽哉！」「歍歑」就是「嗚呼」，是古人的嘆氣聲。既然是嘆氣聲，那麼古人跟今人在這方面不應該有太大的差別，所以「嗚呼」就應該是*ʔa *ha，而不是*qa *qha。

5. 吁況于切，曉虞合三

「吁」，曉母魚部。《說文．口部》曰：「驚語也。从口、亏，亏亦聲。」段玉裁注：「芋下云：大葉實根駭人。吁訓驚語，故从亏、口，亏者，驚意。……後又於口部增吁，解云：『驚也。』宜刪。」不過，後代卻已混而不分，字形一律寫作「吁」。

「吁」是受到驚嚇或感嘆所發出的聲音，因此應該是一種舒氣的

8 「樗」字《廣韻》作「醜居切」，徹母；但大徐作「乎化切」，則是匣母。

喉擦音。《尚書・堯典》：「帝曰：『吁！嚚訟，可乎？』」《尚書・益稷》：「皋陶曰：『吁，如何？』」《左傳・文公元年》：「江芈怒曰：『吁，役夫！宜君王之欲女而立職也。』」以上的「吁」被擬作喉擦音再自然不過，實在不應該擬作小舌塞音。

另外，《禮記・檀弓上》：「曾子聞之，瞿然曰：『吁！』」鄭玄注：「吁，虛憊之聲。」而《釋文》「吁」字下則云：「吹氣聲也。」從鄭注和《釋文》的描述，可以看出「吁」是氣流從口腔往外送出的聲音，這樣的聲音當然是個喉擦音了。我們甚至可以比較藏文的ha哈氣、噓氣，這樣就可以放心地把「吁」字的上古音擬爲*h^{w}ja。

至於芋頭的「芋」，也可以拿來跟苗瑤語的「芋頭」作一比較[9]：

漢語 — 芋(ɦ)ju（《廣韻》羽俱切，又王遇切）

苗瑤語 — 芋頭	嘎奴vu^{13}	郭雄wə^{42}	優勉hou^{13}
	嗽孟veu^{13}	吧哼wo^{44}	金門heu^{42}
	優諾vui^{32}	炯奈wau^{11}	
	東努vo^{221}		
	努努vuə^{22}		
	霍訥vu^{53}		
	巴那vu^{53}		
	藻敏vu^{22}		

可以發現，最左邊的優勉語和金門語仍然保留喉擦音聲母，這就顯示，苗瑤語「芋頭」的古音正好跟漢語「芋」字的上古音*ɦ^{w}ja對應。

9 苗瑤語的語料取自陳其光：〈漢語苗瑤語比較研究〉（2001），頁196。

㈡ 匣母字

乎戶吳切，匣模合一

「乎」，匣母魚部。《說文．兮部》：「乎，語之餘也。从兮，象聲上越揚之形也。」段玉裁注：「謂首筆也，象聲气上升越揚之狀。」《論語．里仁》：「參乎！吾道一以貫之。」《韓非子．解老》：「有爭則亂，故曰：『夫禮者，忠信之薄也，而亂之首乎！』」這裡的「乎」，很明顯是一種舒氣的聲音，類似國語的「啊～」、「呵～」，音値可擬作*ɦa。

另外，《說文》從「乎」得聲的「呼、虖、評、枰」四字，除了「枰」屬來母之外[10]，其他都是曉母魚部字。可見這些曉、匣字上古應該都屬於喉擦音聲母。邵榮芬（1991：29；1995：55）就把「乎」字歸到匣二（ɣ類）去。

㈢ 為母字

于羽俱切，爲虞合三

「于」，爲母魚部。《說文．于部》：「于，於也。象气之舒亏。从丂，从一。一者，其气平也。」段玉裁注：「於者，古文烏也。烏下云：『孔子曰：「烏，亏呼也。」取其助气，故以爲烏呼。』然則以於釋亏，亦取其助气。《釋詁》、《毛傳》皆曰：『亏，於也。』凡《詩》、《書》用亏字，凡《論語》用於字，蓋亏於二字在周時爲古今字，故《釋詁》、《毛傳》以今字釋古字也。……气出平則舒亏矣。」根據《說文》和段注的描述，「于」字就像氣的舒展然後發出的聲音，是個狀聲詞。《莊子．齊物論》：「前者唱于，而隨者唱喁。」「于」字在這裡就是充當狀聲詞使用。另外，「于」字又可以通假作「於」、「烏」。因此，它的音値

10 「枰」，大徐作「他乎切」，透母。

自當擬作喉擦音*ɦʷja爲優[11]。

鄭張尚芳《上古音系》（2003：85-86）也有類似的主張：

> 匣母上古主要是讀塞音*g-、*gw-。……但有些字，如語氣詞「乎、兮」等擬*g-似乎不妥，還應讀*ɦ母為宜。……而讀ɦ的字，除語助詞外，限於諧聲上與雲母、曉母相關的字。

如此看來，本文的觀點跟鄭張尚芳先生不謀而合。

三、親屬語言與《說文》諧聲的觀察

㈠ 親屬語言中的小舌塞音聲母

潘悟雲（1997：211-212）先生的小舌塞音主張，主要是從漢藏語、侗台語的比較中，發現中古的影、曉、匣、爲等聲母字在這些親屬語言中往往表現爲小舌塞音的形式。

事實的確如此，例如壯侗語族的仡佬語大多數地區都有小舌塞音q、qh（賀嘉善《仡佬語簡志》，1983），苗瑤語族的苗語也一樣（王輔世《苗語簡志》，1985）；藏緬語族較少，但彝語支的白語碧江方言（徐琳、趙衍蓀《白語簡志》，1984）和羌語支的普米語都有q、qh、ɢ（陸紹尊《普米語簡志》，1983）。陸紹尊（1983：5）指出：

> （普米語）舌根和小舌塞音是兩套對立的輔音，但在少數漢語借詞以及動詞前加成分中，有兩讀皆可的情況。

---

[11] 潘悟雲（2000：348-349）指出：「前母音往往非圓唇，後母音往往圓唇，這是一個語言的普遍現象。輔音也是如此，後舌位的輔音有圓唇化的趨勢。」「于」字的音值，或許經歷過這樣的演變：*ɦja＞*ɦʷja＞*ɦjua。

例如：

kuɑʎ → quɑʎ 刮（臉）

khəʎ li˥ → qhəʎ li˥ 捲起（袖子）

既然是對立的聲母，表示兩者的音位不同，不能隨便替代，否則將會出現辨義上的困難。可是，普米語在漢語借詞中卻出現了「兩讀皆可」的情況。究其原因有二：第一，也許是由於兩者的發音方法相同，而發音部位太過接近緣故。不過，這不是充分的原因，因爲兩者畢竟不同音位。第二，普米語的使用者以k類及q類去對譯少數的漢語借詞，在對譯的過程當中，並沒有造成音位上的混淆，所以就出現了「兩讀皆可」的現象。

無論如何，這個現象似乎給了我們一個啓示：上古漢語是否也如此？即存在一套小舌塞音，在某些情況之下可以跟舌根塞音互讀（或互諧），但在正常情況之下，自成一個音位？

繼續觀察這些親屬語言，又可以發現另一個現象：

（仡佬語）母音開頭的韻母實際上前面都有一個喉塞音聲母ʔ，如ɒ˥「肉」實際讀作[ʔɒ˥]。（賀嘉善《仡佬語簡志》，1983：14）

（白語）母音在音節開頭的時候，前息帶有輕微的喉塞音ʔ。如：ɯ˦「罵」讀[ʔɯ˦]，ɯ˥「喊」讀成[ʔɯ˥]，ɑ˦「鴨」讀成[ʔɑ√]，ɑ˥ sɛ̃√「什麼」讀成[ʔɑ˥ sɛ̃√]。

（徐琳、趙衍蓀《白語簡志》，1984：6）[12]

凡開母音起首的音節都帶有喉塞[ʔ]，i和y起首的音節略帶摩擦，音值近似半母音[j]，由於沒有對立的音位，未

---

12 說明：豎線左邊的符號表示鬆元音，豎線右邊的符號表示緊元音。

作輔音處理。（陸紹尊《普米語簡志》，1983：6）

這些語言除了具有小舌塞音[q]外，還具有喉塞音[ʔ]。前面說過，上古漢語可能兼存[ʔ]、[q]，以少數民族的情形來看，這種可能性似乎不小。現在的問題是：要怎麼樣才能把上古屬於小舌音的字從喉音中離析出來？這才是接下來的考驗。

㈡《說文》諧聲字所呈現的現象

潘悟雲《漢語歷史音韻學》（2000：337）曾經說過，曉母在上古如果是一個擦音的話，那麼它與見母的關係就相當於心母與端母的關係（h：k＝s：t），但是心母與端母幾乎不諧聲，而曉母與見母的諧聲例子卻隨處可見。事實確是如此，無論諧聲、通假、讀若或親屬語詞的對應，都再再顯示曉母跟見母有密切的關係。對於這樣的現象，我們固然可以說它們的發音部位比較接近喉嚨，比起舌尖音來要含混一點，因此才會關係密切；但是如果例外太多，那麼就不能不正視這個現象。下面不妨從《說文》的諧聲字作一觀察：

表一：《說文》影、曉、匣、為母字諧聲簡表

聲類＼類聲	影	曉	匣	為	見	溪	群
影	231	2	2	3	3	1	0
曉	2	69	2	0	1	3	2
匣	11	9	102	9	34	11	3
為	6	18	5	108	5	2	0

從附表一可以發現，影、曉、匣、爲母字除了自諧之外，還跟其他聲母通諧。比較特殊的現像是，曉母字竟然沒有轉諧出爲母字，同樣，爲母字也沒有轉諧出群母字。

現在，假設曉、匣（爲）是喉擦音h、ɦ，它們的諧聲關係應該很密切，可是除了爲：曉有十八次之外，曉：匣卻只有二次，而匣：曉只有九次，似乎匣、曉之間的關係不是那麼密切。

相反，假設曉、匣（爲）是小舌塞音qh、ɢ，按理qh除了和q（影）、ɢ（匣）有關係之外，還因爲部位相近、發音方法相同的緣故，可以和kh（溪）有關係。結果確實如上表所示，曉：影二次、匣二次、溪三次，雖然各個次數不高，卻呈現平行狀態。至於匣：影的十一次和匣：見的三十四次更能說明「ɢ：q」、「ɢ：k」的清濁相諧。但是，爲：曉的十八次卻不容易說明爲何應該比較密切的ɢ（爲）：q（影）卻只有六次，甚至ɢ（爲）：g（群）連一次都沒有？同時影母自諧的高百分比（91.7%）讓人懷疑它有一部分是來自喉塞音，否則無很難說明爲何q（影）與qh（曉）、ɢ（匣、爲）和k（見）、kh（溪）的諧聲次數那麼低（曉、匣、爲母自諧的百分比分別是65.7%、52%、68.4%，都低於七成）。

有一點必須注意，見：匣的三十四次和溪：匣的十一次似乎說明匣母是個塞音，至少有一部分應該是個塞音；換言之，前賢所主張的匣母二分，匣$_{一}$擬作g是有道理的。至於匣$_{二}$是ɦ或ɢ則比較難證明，因爲它除了可能是ɦ或ɢ之外，還有可能兩者皆是。

如此看來，這當中可能存在一個很重要的原因，那就是上古漢語不但具有一套小舌音q、qh、ɢ，並且還具有一套喉音ʔ、h、ɦ。

第三節　上古漢語的牙音聲母

一、見系與影系的接觸

中古的牙音聲母見、溪、群，這三者在上古一般不跟唇、舌、齒音聲母接觸，然而卻大量跟喉音接觸。因此，李新魁（1935～1997）在〈上古音「曉匣」歸「見溪群」說〉（1963：17-18）一文中，主張上古音見系和曉系不分，曉系聲母上古讀歸見系聲母，並初步提出了它們的分化條件：

g → g（三等）

g → ɣ（一、二、四等）

以上是古群紐變爲後代匣紐的規律。另外，還有見、溪兩組的演化途徑：

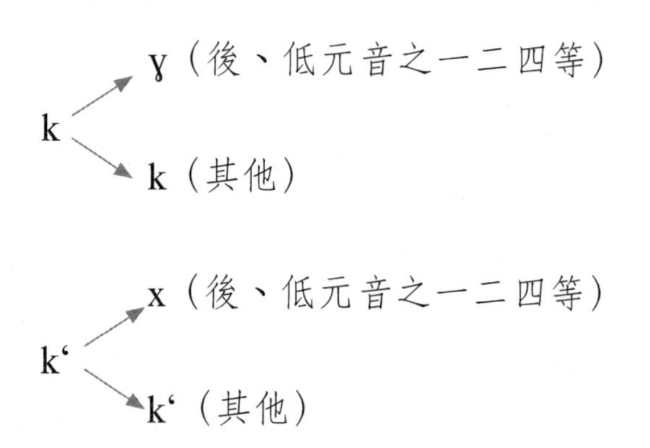

李新魁的觀察是正確的，「曉、匣」在上古的確跟「見、溪、群」密切接觸；然而，受時代的限制，李新魁無法有效地處理兩組聲母之間的條件分化問題。例如*k-（見母）何以濁擦化爲*ɣ-（匣）？*k‘-（溪母）在中古四等俱全，又如何依照「後、低元音之一二四等」分化爲x？因此，李新魁的主張在當時並沒有得到學界的認同。

多年以後，邵榮芬先生〈匣母字上古一分爲二試析〉（1991）以《說文》諧聲爲觀察對象，重新提出「匣母二分」的主張，他認爲如果匣母在上古是一個濁塞音*g-，斷然不會跟曉母*x-大量諧聲；如果匣母在上古是一個濁擦音*ɣ-，它更不會跟見母大量諧聲。因此，最有可能的情況是：匣母有兩個來源，一是濁塞音*g-；一是濁擦音*ɣ-。四年後，邵榮芬先生〈匣母字上古一分爲二再證〉（1995）進一步擴及通假、異文、《說文》讀若等語料，再次論證匣母應當二分。

潘悟雲先生〈喉音考〉（1997）一文認同邵榮芬的主張，但提出了修正意見。潘先生認爲即使邵榮芬先生把匣$_{二}$構擬爲濁擦音*ɣ-，仍然無法解釋有部分匣$_{二}$是跟見系諧聲。因此，潘悟雲先生從親屬語言的比較等語料出發，提出中古「影、曉、匣（爲）」源於上古小舌音的主張，認爲「匣$_{一}$」和「見、溪、群」同源，是舌根濁塞音；「匣$_{二}$」和「影、曉、爲」同源，是小舌濁塞音。由於兩組都是塞音，因此可以解釋部分匣$_{二}$跟見系的諧聲。潘悟雲先生的主張可由下表所示：

表二：舌根音和小舌音的歷史演變表

舌根音*K-	小舌音*Q-
*k-（見）→ k-（見）	*q-（影）→ ʔ-（影）
*k'-（溪）→ k'-（溪）	*q'-（曉）→ h-（曉）
*g-（匣$_{一}$）→ ɦ-（匣）	*G-（匣$_{二}$）→ ɦ-（匣）
↘ gj-（群）	↘ ɦj-（為）

潘悟雲先生的主張後來得到鄭張尚芳先生的贊同。鄭張尚芳先生在《上古音系》（2003：89）一書中說：

> 我原認為上古的喉塞韻尾ʔ有-q的來源，我友潘悟雲教授〈喉音考〉把q擴展至聲母，認為整個喉音都來自小舌音：ʔ影＜q-，曉h-＜qh-，雲ɦ＜ɢ-，這是很好的提法，那麼喻三（雲母）作為基輔音可來自前古*ɢ-。

這是否意味著鄭張尚芳先生放棄了原先的主張呢？個人認爲並沒有。正如前面所述，上古漢語理當有語氣詞，因此，贊同上古有一套小舌塞音跟承認上古有抒發語氣的喉音並不矛盾。

其實，包擬古（1995：81）就曾說過：

> 在藏緬語中*ʔ-跟*h-好像都是外圍的，即使認為它們來自母語的話，它們所負擔的辨義功能也絕不會很高。

漢藏語的比較顯示，上古漢語的喉音應該是後起的。如果h-是後起的，那麼，是所有的h-都是後起的？還是大部分是後起的，但有一小部分是原有的呢？個人傾向於後者，認爲上古漢語應該有喉擦音，因爲在《尚書》裡面，當語助詞使用的「吁」字出現的頻率非常高；前面已說過，「吁」字不應該是小舌塞音，因此應當承認，早在春秋時代就已經有喉擦音活動的痕跡了。

二、部分喉音與牙音同源

見系和影系在上古關係密切，彼此除了自諧以外，還可以交叉互諧。潘悟雲（1997）先生有鑑於此，提出影、曉、匣（爲）分別來自上古的小舌塞音*q-、*q‘-、*ɢ-的說法。一方面，見*k-、溪*k‘-、群*g-和影*q-、曉*q‘-、匣*ɢ-都是獨立的聲母，彼此互不隸屬；另一方面，由於見系和影系是發音部位相當接近的塞音，因而可以解釋彼此之間的接觸行爲。

然而，金理新先生在《上古漢語音系》（2002：158）一書中，不贊成把影母等構擬爲小舌塞音，他說：

> 在小舌塞輔音和舌根塞輔音聲母並存，即小舌塞輔音作為音位而存在的語言中，人們對這兩套輔音聲母則是十分敏感的。……故此，影母的上古讀音構擬為小舌塞輔音聲母固然精彩，但是無法解釋影母跟見組之間的諧聲關係。就這一意義上說，把中古漢語的影母構擬為喉塞

> 輔音或構擬為小舌塞輔音，兩者之間並無本質上差別。

金理新先生說得對，在有音位對立的情況之下，所謂母語使用者對於影、見二紐「十分敏感」是正確的。既然影、見是兩個音位，那麼母語使用者就不會因爲兩者發音部位接近而造成聽覺上的混淆。不過，金理新先生認爲影、見二紐是兩個獨立的音位，彼此不能諧聲，則不甚正確。前面說過，即使是獨立的兩個音位，也有可能由於母語使用者在語感上覺得可以相通而出現少數的例外，這是容許的[13]。既然如此，那麼影系聲母和見系聲母在上古就有可能諧聲了[14]。

然而，影系的影、曉、匣（爲）最終還是不宜構擬爲小舌塞音，因爲正如金理新先生所言，影母和見母的諧聲存在著形態變化，它們的諧聲關係實際上還包含了形態關係。例如「影：景」，金理新（2002：159）先生說：

> 影，本僅作景。景，《說文》：「日光也。」《詩經・公劉》：「既景乃岡。」動詞，根據日影測定方位。《廣雅》：「景，照也。」後字也作映。景和影為一對同源詞，而影則可以用於動詞，而景則用於名詞。

既然影母的「影」和見母的「景」具有形態構詞的變化，那麼影母和見母之間，就不能僅僅是語音上的接近，還必須滿足語法意義上的關聯才行。這樣，影系聲母就不應該構擬爲跟舌根音很接近的小舌音

13 正如/in/、/iŋ/在國語是兩個音位，可是對於台灣人而言，倒是覺得很接近，因而常常可以諧音。

14 必須一提的是，這裡所說的「諧聲」，包括所有可能的語音關係，而非局限於形態關係。也就是說，諧聲關係既可以是音近關係，也可以是形態關係。

了，因爲再怎麼音近，也只能是語音相關，而非形態相關。

金理新（2002：28）先生從詞與詞之間的同源關係尋找出口，他徹底地否定傳統音近諧聲的看法，認為：

- 一組字相諧、相通必須具有相同的詞根。
- 一組字相諧、相通而《切韻》不同音是前附加音或後附加音不一樣造成的。
- 上古漢語與《切韻》之間並不存在一一對應關係。

這樣，在處理同源詞的聲母時，只須構擬出相同的詞根即可，其中的語音差異，由不同的詞綴所造成，而這些詞綴分別承擔了不同的構詞功能。

金理新先生的主張深具革命性，他打破了以前古音研究的局限，爲傳統的音近關係找到了諧聲的理據。本來，不同的聲母表示它們都是獨立的音位，是不能隨意諧聲的，按照金理新先生的新說，原來它們的詞根相同，不同之處只是附加在前面的詞綴而已，就詞根而言實是相同的，所以才能夠諧聲。這樣，潘悟雲先生的小舌音主張就應該調整爲：

表三：舌根音的形態音韻演變表

舌根音*K-	舌根音*K-+前綴*ɦ-
*k-（見）→ k-（見）	*ɦk-（影）→ ʔ-（影）
*k‘-（溪）→ k‘-（溪）	*ɦk‘-（曉）→ h-（曉）
*g-（匣一）→ ɦ-（匣）	*ɦg-（匣二）→ ɦ-（匣）
*dg-（群）→ gj-（群）	*ɦgr-（為）→ ɦj-（為）

三、表示小和親暱的*ʔ-詞綴

根據前文所述，上古漢語是有喉塞音聲母的，它跟零聲母並沒有音位上的對立，因此，上古的喉塞音其實就是零聲母。這個喉塞音聲母*ʔ，不但可以是基輔音，同時還可以是前綴和後綴。

1994年，鄭張尚芳先生在〈漢語聲調平仄之分與上聲去聲的起源〉一文中認爲，上古漢語有小稱後綴*-ʔ，它出現在親屬稱謂和肢體名詞中，具有表示小和親暱的特點。後來，鄭張尚芳（2003）先生擴大主張，認爲小稱後綴*-ʔ不但可以出現在後面，同時還可以出現在前面，因此他爲上古漢語構擬了喉冠音*ʔ-。可惜的是，在鄭張尚芳先生所構擬的上古音系中，基本聲母並沒有喉塞音*ʔ-，這就讓人感到困惑，爲何喉塞音*ʔ只能用作前綴、後綴，而不能當作聲幹？

有鑑於此，金理新（2002：142）先生認爲鄭張尚芳先生所構擬的詞綴*ʔ，應該改爲*ɦ比較合理。一方面，金理新先生著眼於藏緬語的表現，認爲：「藏語中自動和使動的構成一個主要的方法就是前綴的交替，其中自動詞爲ɦ-輔音前綴而使動詞爲s-輔音前綴，並且常常伴有基輔音的清濁交替。」另一方面，金理新（2006：382）先生認爲：「藏語有喉擦音-ɦ而上古漢語沒有喉擦音-ɦ，藏語沒有喉塞音-ʔ而上古漢語有喉塞音-ʔ。……要是我們把上古漢語的喉塞音改爲喉擦音-ɦ則兩種語言的輔音韻尾完全一致。」

倘若漢藏語的比較研究已經成熟到這個地步，那麼直接比照藏語，把漢語構擬成古藏語的形式亦無不可。然而事實上，漢藏同源詞的比較，仍存有不少問題。例如何九盈（2004：49）先生就曾質疑說：「拿藏語來說，它是漢語親屬關係中最無爭議的一種語言，比較者也常以它爲對象。」但是，他卻發現：「包擬古構擬了四百八十六組同源詞，問題頗多。」龔煌城（2010：410、411）先生甚至批評說：

> 最近以來研究比較漢藏語的人增多，出版的書也不少。各人所提出的同源詞五花八門，相當分歧。
> （金理新）他也提出了大批的漢語來母字(l-＜*r-)與藏語

> l-「對應」的「同源詞」，然而這些字中並沒有一個是屬於大家能共同認定的基本詞彙。

既然如此，如果拋開漢藏語是否同源的包袱，採取比較保守的態度，把漢藏語能夠對應的詞視之爲關係詞，而以上古漢語本身的文獻語料作爲主體，這樣，或許更能看清問題。

本文認爲，從系統的匀稱分布著眼，金理新先生所構擬的*ɦ-前綴應該改爲*ʔ-，因爲在金先生的古音系統中，*ɦ只能是前綴、後綴而不能是基本聲母，但在本文的系統中，*ʔ可以是前綴、後綴，同時也可以是基本聲母。把*ɦ-改爲*ʔ-之後，上古漢語既有喉塞音聲母*ʔ-，也有喉塞音前綴*ʔ-和喉塞音後綴*-ʔ，這一來，整個古音系統就呈現出平穩的狀態了。

現在要看的是：把金理新先生的前綴*ɦ-改爲*ʔ-是否合理？金理新（2002：175）先生曾指出：

> 作為最普通的親屬稱謂，父是世界上幾乎所有的語言都相同的讀音——*ba、*pa等之類的音。現代漢語以及現代漢語的方言，「父親」一詞也大抵讀為pa、papa或a-pa等等，中古漢語「捕可切」也音pa。……同源語言以及非同源語言「父」帶前附加音a-的是極其常見的，如藏語父為a-pa、錯那門巴a-pa、緬語a-phe、浪速語a-pho、達讓登語a-ba、博嘎爾洛巴a-bo、載瓦語a-va、波拉a-va、怒蘇語a-ba、拉祜語a-pa、納西語a-ba、土家語a-pa、基諾語a-pu等。可見，就父這一語詞在語言中可能的讀音，最合理的前綴應該是*a-。

金理新先生講得非常有道理，藏緬語的「父親」一詞，大都帶有a前綴，包括現代漢語方言也都帶有「阿」前綴，呼作「阿爸」；因此上古漢語的「父」恐怕並不是傳統的*bjua（或*bjuag），這個說法非常合理。然而，金理新（2002：175）先生認爲：

> 濁輔音ɦ前綴在發音過程中，容易粘附元音a，即ɦa，……因而，要是把上古漢語的父擬為*ɦ-ba顯然是符合「父親」一詞在上古漢語中的讀音實際的。

這就有待商榷了。要知道，上古漢語的「阿」前綴，早在漢代就已經見諸記載，例如陳皇后名叫「阿嬌」、曹操小字「阿瞞」、劉禪乳名「阿斗」等，「阿」是影母字，正是喉塞音*ʔ-；因此上古漢語的「父」，恐怕並不是金理新先生所構擬的*ɦ-ba，而應是本文所主張的*ʔ-ba。

前面說過，某些影母字跟見母字在上古有同源關係，既然有同源關係，那麼它們的詞根就必須相同；至於後來分化爲兩個不同的聲母，是由於受詞綴影響所致。例如「翁：公」的同源關係：

翁 *ʔ-koŋ = 老者+尊稱+[親暱]
公 *koŋ = 老者+尊稱

《廣雅·釋親》：「翁，父也。」《漢書·項籍傳》：「吾翁即汝翁。」注：「翁，父也。」《方言》六：「凡尊老，周晉秦隴謂之公，或謂之翁。」翁、公明顯同源，而翁只不過多了一個表示親暱的前綴而已，而這個前綴就是相當於「阿」的喉塞音*ʔ-。由此可見，金理新的*ɦ-前綴應該改爲*ʔ-比較合理。

第三章

喻四與舌音的形態音韻

漢藏詞族的比較，除了觀察兩者的語音對應外，更重要的是發掘隱藏在這些同源詞中的共同詞根和不同詞綴。詞族本身包含了核義素和類義素兩個部分，其中核義素就是詞根義的所在。因此，透過漢藏詞族的比較，一方面可以觀察雙方詞族的構詞理據，另一方面可以離析出附著在語根上的各種詞綴，從而發現，原來上古漢語也可能跟古藏語一樣，帶有構詞功能的詞綴。

這樣，當前的古音研究，就可以從音韻層面提升到形態層面，從音近諧聲跨躍至形態構詞了。而喻四的上古複雜面向，正是這一問題的反映。

第一節　從語言比較看喻四的上古擬音

一、譯音借字和漢藏比較的啓發

有關喻四（又稱喻母、以母）的上古音值，目前比較通行的看法是邊音*l-。這一說法最早可以追溯至加拿大學者蒲立本（Pulleyblank，1922～2013），他從對音材料發現，喻四不但對譯ð-，而且還對譯r-和l-。蒲立本（1961-62：75）說：

> 《後漢書》（大約西元120年）中的「粟（讀粟M.si̯ok）弋M.jək = Soɣðik，以母在伊朗語對譯作ð。更早的《漢書》中烏弋山離M.ʔou-jək-s.aən-li̯e=Alexandria，以母代表外語的l。地支「酉」M.juʹ在台語中的形式也是很有意思的例子：Ahom語rāo，Lü語hrau，布依語thou（=ðu），Lāññā語law。「酉」在漢代有兩個聲訓例「老」M.lauʹ和「留」M.li̯u都與來母有關。最適合的擬音好像是舌齒擦音ð。它在聲音上最接近l，同時它也相當接近於舌齒塞音，所以它有時出現在帶舌齒音的諧聲系

> 列也就不足為怪了。從理論上說，以母也可以擬作r，但是這不太好，中國人用l去對譯Alexandria中的r，卻用r去對譯其中的l，這就令人不解了。

以母（喻四）既然不適合擬作r或l，於是蒲立本便把它的上古音值擬作齒間濁擦音*ð-，用以解釋喻四與定母、邪母等塞音、擦音的諧聲關係。經過十年的思考和探索，蒲立本（1973：116-117）才決定把*ð-改擬爲邊音*l-，並且認爲上古漢語的*l-在B型音節（即顎化音節）發展爲j-；而在A型音節發展爲d-，跟原來的d-（定母的主要來源）合流。

李方桂（1971：13-14）則觀察侗台語的借字和譯音，最終把喻四擬爲舌尖流音*r-。李方桂說：

> 喻母四等是上古時代的舌尖前音，因為它常跟舌尖前塞音互諧。如果我們看這類字很古的借字或譯音，也許可以得到一點線索。古代台語Tai Language用*r-來代替酉jiŏu字的聲母，漢代用烏弋山離去譯Alexandria，就是說用弋jiək去譯第二音節lek，因此可以推測喻母四等很近r或l。又因為它常跟舌尖塞音諧聲，所以也可以說很近d-。我們可以想像這個音應當很近似英文（美文也許更對點兒）ladder或者latter中間的舌尖閃音（flapped d，拼寫為-dd-或-tt-的），可以暫時以r來代表它，如弋*rək，余*rag等。

李方桂認爲，從借字或譯音去看，上古的喻四有可能是*r-，因爲在他的古音系統中，*d-、*l-分別是定母和來母，因此喻四最佳的選項自然是*r-了。另外，李方桂主張漢藏語系包含漢語、藏緬語、侗台語和苗瑤語，其中漢語和侗台語的關係非常密切[1]，或許如此，所以他才選擇以漢一台語比較出來的結果作爲喻四的擬音吧！

對於李方桂的主張，美國學者包擬古（Bodman，1913～1997）並沒有採納。包擬古（1995：116-117）基本上贊同蒲立本的說法，認爲上古漢語的*l-聲母，在中古的一等和純四等中塞化爲d-，而在中古的四等（喻）中顎化爲j-，他舉了以下漢藏語的例子（原書第154、155例）加以證明：

154.	藏語 leb	蝴蝶	蝶 *lep/diep
	出現於phye-ma-leb	蝴蝶	
	或 bya-ma-leb	蝴蝶	
	藏語 leb-mo扁平		牒 *lep/diep
	（*'lep）折疊		褶 *lep/diep
155.	藏語 leb		軑 *leps/diei-
	出現在kha-leb蓋子		（dâi）

……（下略）

以上例子可以清楚看到，上古漢語的部分定母字對應於藏語的l-，這部分定母字如果是*d-，實在說不過去。最理想的情況是，這些定母字的聲母在上古原本就是*l-，而和藏語的l-同源。

綜合蒲立本和包擬古的意見，喻四和定母的擬音以及後世演變可如下圖所示：

---

1 可參考李方桂於1976年發表的“Sino-Tai”（〈漢一台語〉）一文。

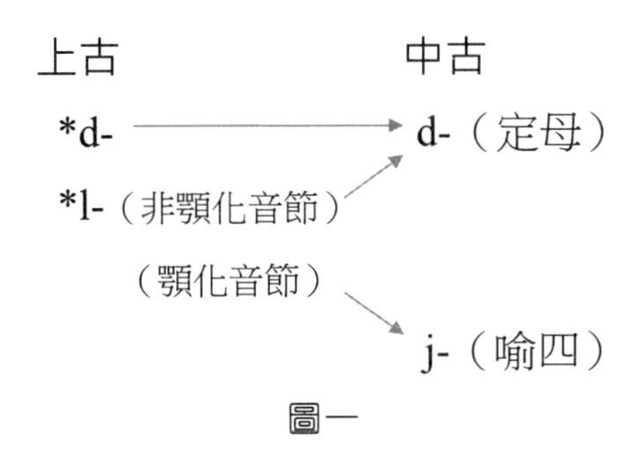

圖一

蒲、包二人的主張得到大多數學者的重視。但他們的說法卻存在一個缺陷：上古的*l-爲何會塞化爲中古的d-？如果上古的*l-會塞化爲d-，那麼同是流音的*r-是否也會？

二、從音節結構到詞綴形態

針對這一問題，包擬古（1980：130-131）根據蒲立本早年的假設——有兩類複聲母——去解釋中古漢語舌齒音聲母跟舌根聲母互諧的例子，其中一類是*k-l-、*g-l-等等，這一類複聲母的結構後來稱作一個半音節或次要音節。例如：

唐 *g-lang/dâng	庚 *krang/kɐng
隤 *g-luy/duậi	貴 *kùts/kjwĕi-

並舉藏語很可能是「貴」的同源詞（原書第201例）如下：

201.	藏語 gus-pa 尊敬 (*guts) gus-po 貴	貴 *kùts, kjuts/kjwĕi-

如此一來，包擬古就爲部分會塞化爲定母的*l-提供了可能性：由於*l-受到前綴*g-的影響，才會塞化爲*d-。

潘悟雲〈非喻四歸定說〉（1984：45）受到包擬古的啓發，進一步發揮了這一觀點。他認爲：

> 包氏所擬的*g-l-＞d-、*b-l-＞d-，只限於跟見組或幫組諧聲的定母字，至於不跟見、幫諧聲而跟喻四諧聲的定母字，他認為來自A類音節的*l-。其實，這種定母同樣來自上古的*g-l-、*b-l-，不過諧聲系列中沒有見、幫組字出現而已。

換言之，跟見系、幫系和喻四諧聲的定母，全部都來自上古的*g-l-或*b-l-，而不是只有局部的定母字。

潘悟雲（1984：46-47）先生會這麼主張，主要是因爲他認爲諧聲就是同音假借。上古互相諧聲、假借的字之間卻往往不是同音關係，那是因爲上古漢語跟七世紀的藏語一樣，也存在豐富的形態變化。潘先生認爲可以假設上古漢語同一諧聲系列中的各字具有相同類型的詞根聲母；連帶地，同一詞族中的詞也具有相同類型的詞根聲母。因此，喻四的上古漢語是*l-，而跟喻四諧聲的定母字是*g-l-、*b-l-，*g-、*b-是前綴。

潘悟雲先生的「形態說」非常値得重視，因爲他把傳統的諧聲研究從語音相關提升至形態相關，用形態交替去解釋諧聲之間的語音差異，尤其是較大的語音差異。

然而，潘悟雲先生的說法，存在著兩個明顯的問題：其一，大部分形態交替都無法交代當中的語法功能。關於這一點，可以理解爲：學說草創，有待後人修正。因爲潘悟雲先生的學生金理新（2002、2006）先生就在這一新說的基礎上，提出了完整的詞綴系統，並指出各種詞綴的形態功能。其二，諧聲系列的音韻關係不等於詞族的音韻關係。詞族中的成員都是同源的，因此必然可以離析出「核義素」和「類義素」；然而諧聲系列只是類聚同聲符的字，而同聲符的字古音相同或相近，但意義卻不一定相通。換言之，同一個諧聲系列並不一定同一個詞族；同一個詞族可以橫跨不同的諧聲系列。二者是不同層面的東西。學者在構擬古音時，通常都是從諧聲系列著手，而非建立詞族，觀察同族詞之間的同源音韻；因此很容易得出見母、幫母跟喻四諧聲的字，上古都是*Kl-或*Pl-的結論。如此一來，就會導致上古漢語帶*-l-的字異常的多，而且顯得不自然[2]。

龔煌城先生同樣針對包擬古的看法提出了修訂意見。龔先生在〈從漢藏語的比較看上古漢語的詞頭問題〉（2000a：175-176）一文中，指出藏文的a-chung「འ」[3]在動詞變化上扮演很重要的角色，其中自動詞與他動詞（或動詞使動式）的區別，前者加詞頭N-，後者則加詞頭s-表示，例如：

漢語：焚 *bjən＞bjuən
藏語：འབར་ N-bar 燒、燃
　　　　s-bar 點火、燃火
緬語：　pa' 發光、發亮

根據藏語的情形，龔先生認爲與喻四相通的定母，其實來自上古漢語帶*N-前綴的邊音*N-l-，就是這個前綴*N-讓上古的*l-塞化爲中古的定母d-。例如上古漢語的「脫」有徒活切和他括切兩讀，正是致使（帶前綴*s-）與非致使（帶前綴*N-）兩種形態的表現：

2 尤其親屬稱謂詞，例如「公」，鄭張尚芳（2003：333）擬作*klooŋ（因「公」聲系有喻四、邪母的讀音），似乎不妥。

3 藏文轉寫有ɦ、n、v等，反映了學者之間對語音性質的不同看法。龔煌城則認為是某種鼻音，以大N表示。

漢語：脫 *s-luat＞*hluat＞thuât
　　　　*N-luat＞*duât
藏語：　lhod, lod, glod 釋放、鬆開、放鬆、鬆弛
緬語：　lwat 能擺脫、逃脫
　　　　hlwat 放、釋放

根據目前的研究成果，上古漢語的動詞存在致使與非致使的對立，致使動詞帶*s-前綴，各家基本相同，而非致使動詞帶*N-或*ɦ-前綴；動詞的詞根正是透過這兩種詞綴進行致使與非致使功能的交替。如此一來，喻四和定母的擬音以及後世演變就應修正為：

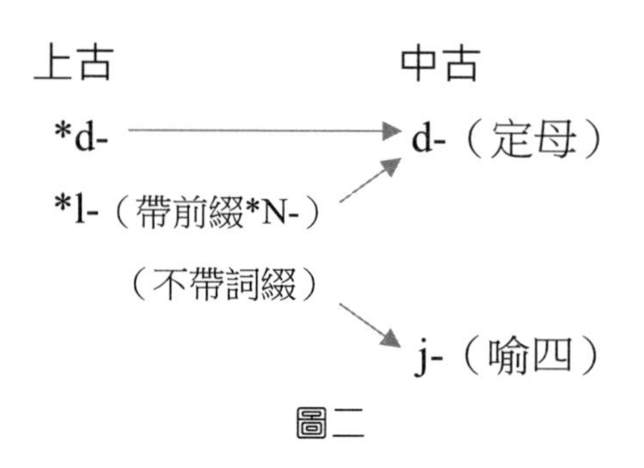

圖二

龔煌城（2000a：174-177）先生從漢藏語的比較研究認為，上古漢語的*l-是受到某種鼻音前綴的影響才會塞化為*d-，由於不清楚是何種鼻音，因此用大*N-表示。其實，龔先生所主張的這個鼻音前綴，不可能是[m]、[n]、[ȵ]、[ŋ]等常見的鼻音，因為這幾個鼻音古藏語都有，如果*N-是這幾個音鼻中的一個，那麼古藏文就會用相同的符號表示。因此，龔先生所主張的*N-，最有可能的對象是小舌鼻音[ɴ]。然而問題是，在龔先生的古音系統中，未見任何的小舌鼻音聲母或韻尾。或許正因如此，龔先生才會說它是某種鼻音*N-，而不直接說它是小舌鼻音吧！

其實，龔煌城先生所構擬的*N-前綴，本文認為應該改為*ʔ-前綴

比較合理，因爲就系統來看，喉塞音*ʔ不僅可以出現在聲母的前面、韻母的後面，自身還可以成爲基本聲母的一員。反觀某種鼻音*N-只能出現在前面，這表示它是一個極不穩定的前綴；而這個前綴是後起的呢？還是處於快要消失的狀態？不得而知。

第二節 從詞族比較看喻四的形態音韻

從以上討論可以發現，學者在構擬喻四的音值時，大都從語音相近著手，由於它跟定母接獨最頻繁，因此被高本漢構擬爲*d-（定母則是*d'-）、李方桂擬爲*r-（定母則是*d-）、蒲立本擬爲*ð-，後改爲*l-。然而，無論構擬爲何者，似乎都乎略了喻四和其他聲母之間的形態關係。

因此，本文擬從詞族的角度著手，先建立起上古漢語詞族，離析出當中的核義素和類義素，然後再跟古藏語作比較，藉此觀察上古喻四聲母的形態音韻。

一、親屬稱謂詞的形態音韻

首先，要觀察的是影母和見母的詞族關係。上一章說過，部分影母字跟見母字在上古有同源關係，它們的詞根也理當相同；至於後來分化爲兩個不同的聲母，可以設想是由於受到詞綴影響的關係，而這個詞綴正是喉塞音*ʔ-。例如「翁」與「公」的詞族關係：

翁，烏紅切，影母東部。《說文．羽部》段玉裁注：「俗言老翁者，假翁爲公也。」

公，古紅切，見紐東部。《方言》六：「凡尊老，周晉秦隴謂之公，或謂之翁。」《漢書．溝洫志》：「趙中大夫白公。」顏師古注：「此時無公爵，蓋相呼尊老之稱耳。」

「翁」與「公」明顯同源，因此可建立詞族如下：

翁 *ʔ-koŋ = /老者/ + /尊稱/ + [親暱]
公　*koŋ = /老者/ + /尊稱/

翁、公是一對同族詞，既然是同族詞，那麼它們的詞根就必須相同。可見，具有親屬稱謂關係的詞族，實在不適合把它們的聲母構擬爲傳統音近相諧的*ʔ-和*k-。

金理新（2002：169-180）先生曾指出，中古漢語的非組輕唇音並非來自*Pj-或*Pr-，而是來自帶前綴的*ɦ-P-，是前綴*ɦ-影響了聲母P-，導致它擦化，然後演變成中古的非系聲母。本文認爲金理新先生的說法可取，惟應將*ɦ-改爲*ʔ-。因爲既然*ʔ-前綴可以出現在牙音的前面，那麼唇音的親屬稱謂詞自然也可以帶上這個前綴。試以親屬稱謂詞「父」、「爸」爲例，觀察兩者的音韻行爲：

父，扶雨切，奉母魚部。《說文．又部》：「父，家長率教者。從又舉杖。」段玉裁注：「經傳亦借父爲甫。」

爸，《說文》無此字，《廣韻》：「父也。捕可切。」《廣雅．釋親》：「爸，父也。」王念孫：「爸者，父聲之轉。」

「父」、「爸」都是家長，兩者可建立以下詞族：

父 *ʔ-baʔ = /父親/ + [親暱]
爸　ᶜbɑ = /父親/ [4]

「父」與「爸」可說是一對古今字，它們的詞根完全相同，所不同的是「父」帶有*ʔ-前綴而「爸」沒有。試比較藏語的「父親」：pha / ʔa pha，藏語正好也有兩種形式，而這兩種形式與上古漢語非常相似，差別只在於上古漢語是濁聲母而藏語是清聲母。不過，

4　爸，父的後起字。這裡取中古音形式ᶜbɑ，王力、李方桂、鄭張尚芳的擬音均作此。《集韻》則是「必駕切」paᵓ。

《廣韻．上聲》麌韻下記載了「父」的另外一個音讀：方矩切[5]；如此一來，上古漢語的「父」或許亦有清聲母（*ʔ-paʔ）的讀法。

喉塞音前綴可以加在唇音、舌根音的前面，那麼能否加在齒音的前面呢？答應是可以的。齒音親屬稱謂詞的前面，一樣可以加上喉塞音前綴而形成親暱的語法意義。例如「姊」*ʔ-tsjirʔ，將几切，精母脂部。《說文．女部》：「女兄也。从女，𠂔聲。」可比較藏文的「姐姐」：

藏文（書面）ʔa tɕe　　藏（拉薩）a^{55} tɕaʔ^{53}
藏（夏河）a tɕe　　藏（天峻）a tɕhi

最後，這個喉塞音前綴*ʔ-，也必然地可以出現在舌音的前面，例如「姨、弟、娣」：

姨，以脂切，喻母脂部。《說文．女部》：「姨，妻之女弟同出爲姨。从女，夷聲。」今之「姨」，古稱「從母」，《爾雅．釋親》：「母之姊妹爲從母。」而「姨」本身原是平輩親屬的稱呼，後來子女從父稱母之姊妹爲姨，於是姨的意義才變爲姨母。《左傳．襄公二十三年》：「繼室以其侄，穆姜之姨子也。」唐．孔穎達疏：「據父言之，謂之姨，據子言之，當謂之從母，但子效父語，亦呼爲姨。」

弟，特計切（又徒禮切），定母脂部。《說文．弟部》：「弟，韋束之次弟也。」段玉裁注：「引伸之，爲凡次弟之弟，爲兄弟之弟，爲豈弟之弟。」《爾雅．釋親》：「男子先生爲兄，後生爲弟。」「弟」本次弟之弟，後引申爲女弟之「娣」。

娣，徒禮切（又特計切），定母脂部。《說文．女部》：「娣，同夫之女弟也。从女，弟聲。」《爾雅．釋親》：「女子同出，謂先

---

5 讀作「方矩切」的「父」，一般用作「男子之美稱」。

生為姒，後生為娣。」郭璞注：「同出謂俱嫁事一夫。」

「姨」、「弟」、「娣」具有同源關係，三者共同構成下面的詞族：

姨 *ʔ-dir = /次弟/ + /妻/ + [親暱]
弟 *dirʔ = /次弟/ + /弟/+ [小稱]
娣 *dirʔ = /次弟/ + /夫/ + [小稱]

其中，*-ʔ是一種小稱後綴。上一章說過，鄭張尚芳（1994）先生認為，上古漢語的小稱後綴出現在親屬稱謂和肢體名詞中，有指小和表親暱的特點。雖然金理新（2006）先生根據漢藏語的比較，以及詞綴本身的形態等因素，把這個後綴改擬作*-ɦ，並且認為*-ɦ和*-s可以交替，兩者都是擦音，彼此之間具有「名—動」、「致使—非致使」等的形態能功。然而，本文注意到的是，前者中古演變為上聲，後者中古演變為去聲，而上聲和去聲在上古並沒有很密切接觸。

早在清代的段玉裁就已發現，上古的去聲跟入聲之間關係密切，而民國的黃侃則進一步認為上聲跟平聲同屬一類；如果上、去二聲來自上古可以交替的後綴*-ɦ、*-s，那麼為何上古漢語的語料並未充分顯示這一語言現象呢？

本文認為，應該倒過來，把後綴*-ɦ改回原本的*-ʔ，畢竟喉塞音在聽覺上本就比較短促，因此它跟來自*-s的去聲比較疏遠，而跟屬於舒聲的平聲比較接近就可以理解了。

如此看來，龔煌城先生所構擬的*N-前綴應改為*ʔ-比較合理，因為當它出現在親屬稱謂詞的前面時，由於詞綴的意義是一種親暱的表示，這時候構擬為*ʔ-就比構擬為語音性質模糊的*N-來得好。

二、致使與非致使的形態功能

前面說過，龔煌城（2000a）先生認為藏文的a-chung「འ」是某種鼻音，他用大N表示。其實藏文的「འ」是不出現在l-聲母前面的，因此龔先生認爲「脫」的兩讀，反映出一爲自動詞*s-l-，一爲他動詞*N-l-的看法，恐怕有待商榷。以下嘗試對龔先生的意見作一檢討：

脫，徒活切，定紐月部。《說文・肉部》：「脫，消肉臞也。从肉，兌聲。」段玉裁注：「今俗用爲分散遺失之義。分散之義當用挩。手部挩下曰：『解挩也。』遺失之義當用奪。」

挩，他括切，透紐月部。《說文・手部》：「挩，解挩也。从手，兌聲。」段玉裁注：「今人多用脫，古則用挩，是則古今字之異也。今脫行而挩廢矣。」

「脫」與「挩」同一聲符，都有表示「除去」的意思，因此在很早的時候就已經通用了，例如《國語・齊語》：「脫衣就功，首戴茅蒲，身衣襏襫。」這裡的「脫」明顯與「消肉」無關，反而比較接近「解挩」（解去身上的束縛）。再者，「挩」字現今已甚少使用，一般皆通寫作「脫」。這樣看來，「脫」字原本讀作「徒活切」，讀作「他括切」應該是與「挩」通用的結果，是後起的讀法。

至於「挩」，《廣韻》也有「徒活切」和「他括切」兩讀，但在「他括切」下說：「除也；誤也；遺也；又解挩或作脫。」「徒活切」下只說：「解脫。」《經典釋文》卷二十二「挩」字下說：「他活反，又徒活反。」而在卷二十「脫」字下說：「徒活反，或他活反。」可見「挩」字的本音是「他活反」，「脫」字的本音則是「徒活反」。這樣，「挩：脫」就構成以下詞族：

挩 *thot = /除去/ + /束縛/
脫 *dot = /除去/ + /骨/

兩者的聲母只是一清一濁，當中並不具有致使與非致使的關係。因此，龔先生的看法：讀「他括切」的「脫」，是讀「徒活切」的「脫」的他動詞，恐怕並不正確。

當然，例證不正確，並不代表致使與非致使的說法有誤。從上古複雜的語言現象當中還是可以看出，有些同源詞確實具有致使與非致使動詞的對立，兩者主要透過詞綴形態來完成語法意義。金理新（2006）先生就指出，藏文的*ɦ-與*s-是一組相對的構詞前綴，*s-的構詞功能經過國內外學者的研究，大致上已經很明朗了，其中一種功能是表示動詞的「致使」；而與之相配的*ɦ-自然就是表示動詞的「非致使」了。下面整理自金理新（2006：277）先生的例子：

延 *ɦ-dal（以然切）= /長/（非致使動詞）
挻 *s-thal（式連切）= /使/ + /長/（致使動詞）

致使動詞是帶直接賓語的動詞，所以一定是及物動詞；非致使動詞則是不帶直接賓語的動詞，它是不及物動詞。既然*ɦ-是非致使的動詞前綴，這就表示它同時也是一個不及物的動詞前綴，例如金理新（2006：285）先生所舉的這組例子：

躍 *ɦ-dɯg（以灼切）= /向上/（不及物動詞）
擢 *r-dɯg（直角切）= /使/ + /向上/（及物動詞）

喻四的「延、躍」跟審母的「挻」、澄母的「擢」有語法意義上的關係，如果根據鄭張尚芳（2003）先生的古音系統，將以上例子的古音擬作：

延*lan：挻*hljan
躍*lewɢ：擢*r'eewɢ

這兩組例子的關係就會變爲傳統的「音近諧聲」了。其中「躍：擢」的諧聲關係更是從相同的詞根聲母*d-變爲兩個有音位對立的實際上不能諧聲的流音：一個是邊音*l-；另一個則是閃音而且是塞化的閃音*r'-。如果上古漢語的系統區分邊音和閃音，而且區分塞化與非塞化，那麼鄭張尚芳所構擬的邊音*l-和塞化閃音*r'-，非但不能算音近，甚至已經是隔了兩層的「音遠」。

由此可見，上古漢語的致使動詞和非致動詞基本上是由構詞前綴來完成的，而相互交替的兩個詞綴，正是致使前綴*s-和非致前綴*ɦ-（*ʔ-）。只不過到了後來，這兩個前綴逐漸失去其生命力，最後脫落，於是形成了不同的聲母。而上古喻四，正是帶有*ɦ-（*ʔ-）前綴的舌尖濁塞音。

第三節　喻四的兩個舌音來源

目前國內外研究上古音的學者如：蒲立本（1962）、包擬古（1980）、鄭張尚芳（1984）、潘悟雲（1984）、龔煌城（1990）等諸位先生，都認爲喻四的上古音值是*l-；然而喻四除了跟定母密切諧聲外，還跟端母、知母等諧聲，把喻四構擬爲*l-固然可以解釋它跟定母的接觸，但是要怎麼看待它跟端母、透母、徹母等的通轉關係呢？

一、喻四跟舌音接觸的情形

根據陸志韋（1947）的統計，喻四與端、透、定、知、徹、澄等母的通轉次數爲：

表一：喻四與端、知組聲母通轉次數表

聲紐 喻四	喻四 (1010)	端 (475)	透 (299)	定 (633)	知 (283)	徹 (168)	澄 (373)
喻四	247	14	39	94	2	20	43
	24.5%	2.9%	13%	14.8%	0.7%	11.9%	11.5%

其中透母的通轉次數是二百九十九次，跟喻四的接觸卻高達三十九次，佔13%，只比「喻四：定母」的通轉（14.8%）低1.8%而已。若

以學界目前的主張：喻四是*l-、透母是*t‘-，那麼兩者的接觸就只能解釋爲同屬舌音而能互諧的「例外」了。

2002年，金理新先生力排眾議，認爲曾運乾「喻四古歸定」的說法基本上並沒有錯，喻四跟定母一樣，是一個舌尖濁塞音。金理新（2002：139-140）先生舉了以下漢藏語比較的實例：

> 悅，《說文》作說，「釋也。」藏語dad-pa「愛好、嗜好」
> 揚，《廣雅》：「說也。」藏語daŋ-ba「喜悅」
> 融，《左傳．隱公元年傳》注：「和樂也。」藏語duŋ-duŋ「情切、殷切」
> 以，《說文》：「用也。」藏語do-ba「能、能夠」
> 揚，《漢書．五行志》注：「謂振揚張大也。」藏語g-daŋ-ba「張開、睜開」
> 像，《說文》：「象也。」藏語g-daŋs「做法、方式」
> 筵，《說文》：「竹席也。」藏語g-dan「坐褥、襯墊」
> 延，《爾雅》：「進也。」藏語g-dab-ʑu「迎請、邀請、延聘」
> 葉，《說文》：「草木之葉也。」藏語g-dab-pa「樹的嫩枝、細枝。」
> ……（下略）

只不過喻四不是單純的*d-，而是帶詞綴形式的*ɦd-。在金理新先生所構擬的系統中，*ɦ-前綴不但出現在唇、牙、喉音的前面，也出現在舌音的前面。根據漢藏語的比較，加上喻四和定母的諧聲關係，金理新先生把定母擬爲*d-，喻四擬爲*ɦd-。這樣的處理，既能解決定母、喻四的後起分化，又能反映出喻四跟藏語*d-聲母字的大量對應。

然而，鄭張尚芳（2003：91）先生不贊同這一說法，並且提出反駁說：

> 看他所舉藏文l對應漢語一、四等字的詞義多為《廣雅》或箋注中的僻義，如「魯，道也」對藏文la-mo上山路，「令，完也」對藏文liŋs-po全部，「來，猶反也」對藏文log-ba返，諸如此類的擇對很難令人採信。有的像「朗」對藏文laŋ-ba天亮則為粗似，似是而非，因為藏文指清晨日出放明，更切合的應對漢語「暘」*laŋ，《說文》「日出也」，而「朗」之初義則指月明。

兩位先生對漢藏語的比較有不同的看法，孰是孰非，很難判定。或許目前比較可行的方法是，當漢藏語的比較出現分歧時，藏語的材料似乎不應該拿來當作第一重論證的根據，應該讓問題回歸到漢語本身的層面，也就是用漢語詞族的語料去解決問題。

從漢藏詞族的比較來看，漢語的「枼」聲系和藏語的leb/deb正好可以形成對應的同源詞族：

表二：漢藏語詞族比較表

序號	漢語	藏語
1	枼（木片）	leb扁 ldeb頁
2	牒（木札）	deb冊、本
3	堞（短垣）	ldebs壁、牆
4	褋（禪衣）	lteb褶了 ldeb折疊、使重複

表面看起來，上古漢語的喻四和定母對應於藏語的l-和d-，因此喻四是*l-，定母是*d-，沒有疑問。實則不然，喻四可以和定母形成一個詞族，而同爲濁流音的來母*r-爲何不行？爲何*l-、*d-關係密切，而*l-、*r-或*d-、*r-卻關係疏遠？這是沒有道理的。如果喻四也是一個舌尖濁塞音，那麼是否能解開以上的疑惑呢？下面不妨先爲「枼」聲系建立一個共同的詞族：

枼，與涉切，喻母怗部。《說文・木部》：「枼，楄也；枼，薄也。从木，世聲。」段玉裁注：「凡木片之薄者謂之枼，故葉牒鍱箓偞等字，皆用以會意。」

牒，徒協切，定母怗部。《說文・片部》：「牒，札也。从片，枼聲。」段玉裁注：「木部云：札，牒也。《左傳》曰：『右師不敢對，受牒而退。』司馬貞曰：『牒，小木札也。』按：厚者爲牘；薄者爲牒。牒之言枼也、葉也。」

堞，徒協切，定母怗部。《說文・土部》：「堞，城上女垣也。从土，葉聲。」段玉裁注：「从葉者，如葉之薄於城也。亦有會意。今字作堞。」《左傳・襄公二十七年》注：「堞，短垣。」

褋，徒協切，定母怗部。《說文・衣部》：「褋，南楚謂禪衣曰褋。从衣，枼聲。」《方言》曰：「禪衣，江淮南楚之間謂之褋。關之東西謂之禪衣。」《說文・衣部》：「禪，衣不重也。」

據此可知，「枼：牒：堞：褋」皆有「單薄」義，因而可以構成以下詞族：

枼 *ʔ-dep = /單薄/ + /木片/
牒 *dep = /單薄/ + /木札/
堞 *dep = /單薄/ + /牆垣/
褋 *dep = /單薄/ + /襯衣/

一組詞族的核義素，往往就是它的詞根義，既然是詞根義，那麼它的聲母就必然是相同（至少是一清一濁），而不能只是部位的接近。

倘若喻四不是帶前綴的塞音*d-而只是邊音*l-，那麼它就無法解釋爲什麼同一詞根卻出現不同聲母了。以上這組詞之所以能構成同源詞族，就足以表示它們的詞根聲母必須同是舌尖塞音*d-。

二、舌尖音聲母的形態交替

對於喻四與舌尖音的接觸，鄭張尚芳（2003）先生提供了另一種選擇。鄭張先生爲了解決喻四跟其他舌尖聲母諧聲的問題，而把與喻四諧聲的「端、透、定」和「知、徹、澄」構擬爲：

表三：鄭張尚芳端系與知系的擬音

長音節	短音節
端 ʔl'- 透 lh- / hl'- 定 l'-（ɦl'-）	知 ʔl'- 徹 lh- 澄 rl-

就音近諧聲而言，鄭張尚芳先生的古音系統無疑最能解決各種例外現象，因爲他的擬音非常的細，可以兼顧很多的語音現象。但是，潘悟雲（2000：272）先生指出，這種擬音存在著明顯的缺點：

> 鄭張尚芳擬有*l'-＞d-，*r'-＞ḍ-，……語音的構擬最好能符合並遍性原則，一個語言有r-、l-、r'-、l'-，再加上清的l̥-、r̥-，共有六種流音，很難找到有這樣的語音類型。

的確，如果爲了解釋不同的諧聲而對每一種聲紐的音值作細部差別的處理，最後將會使古音系統變得非常複雜。鄭張尚芳的古音系統似乎就是如此：有長短元音兩類音節、塞化與非塞化兩套流音、鼻音與邊音皆分清濁、兩個半元音w與j、帶有喉冠音、鼻冠音等等。上古漢語的音值雖然是擬構的，但也不能忽略語言本身的自然性、諧和性。鄭張尚芳先生的擬音雖然有他的根據，卻難以克服太過瑣碎、與實際語言有一段差距的問題。

那麼喻四的問題應當如何處理比較妥當呢？除了諧聲音近必須考量外，恐怕還必須兼顧喻四與其他舌尖音聲母的同源關係。

1986年，喻世長先生發表了〈邪—喻相通和動—名相轉〉一文，專門討論喻四與邪母的形態關係。喻世長（1986：50）先生指出：

> 語音上的喻（以）—邪對應，反映著語法上的同根詞中的動詞—名詞對應。

既然喻四和邪母之間有動—名之間的轉換，那麼兩者就不能只是音近關係，還必須詞根相同。根據李方桂（1971）的擬音，部分邪母來自上古的*sd-，這一看法是正確的；因爲只有把邪母擬爲*sd-，才能解釋它跟喻四*ʔd-的形態交替。

加上龔煌城（2000a）先生肯定上古的知系字帶*r-詞頭（前綴），以及前賢對*s-詞頭的肯定，例如梅祖麟（1986）、鄭張尚芳（1990）等；如此，喻四與舌尖音的關係和擬音就可以根據陸志韋（1947）的統計，重新調整爲：

表四：舌尖音和喻四的擬音其及通轉百分比

舌尖音	與喻四的通轉		
	次數	自身總數	百分比
端 *t-	14	475	2.9%
透 *t‘-	39	299	13%
定 *d-	94	633	14.8%
知 *rt-	2	283	0.7%

舌尖音	與喻四的通轉		
	次數	自身總數	百分比
徹 *rt‘-	20	168	11.9%
澄 *rd-	43	373	11.5%
心 *st-[6]	20	446	4.5%
審 *st‘-[7]	46	323	14.2%
邪 *sd-	37	199	18.6%
喻 *ʔd-	247	1010	24.5%

從上表不難看出，端*t-、透*t‘-、定*d-是基本聲母，而知*rt-、徹*rt‘-、澄*rd-是帶*r-前綴的端、透、定，它們的聲幹是相同的。正因如此，所以清儒才說它們同源，也就是錢大昕所說的「舌音類隔之說不可信」：

> 古無舌頭、舌上之分，知、徹、澄三母，以今音讀之，與照、穿、床無別也；求之古音，則與端、透、定無異。[8]

今天，吾輩終於知道這兩組聲母的差別了：它們根本不是單純的音近，而是詞根相同、詞綴有無（或詞綴有別）的同音形態。就這一點而言，清儒的「古無某音」（例如「古無輕唇音」、「古無舌上

---

6 部分心部字和喻四有密切的接觸，這部分心母字主要是三等。例如虒聲系的虒（心）：榹（心）、歋螔（喻四）、褫（徹）、篪（澄）等；易聲母的易（喻四）：瘍蜴埸（喻四）、賜錫緆（心）、逷剔（透）、暘睗（審）等；攸聲母的攸（喻四）：悠浟（喻四）、莜脩（心）、條（透）、莜條（定）等。

7 審母（書母）的擬音*st‘-，根據周法高《漢字古今音彙》（1974）、金理新《上古漢語形態研究》（2006）。

8 錢大昕：《十駕齋養新錄．卷五》（南京：江蘇古籍出版社，2000年），頁108。

音」是可以成立的。

比較有趣的是，喻四跟透（13%）、定（14.8%）、徹（11.9）、澄（11.5%）的關係比較密切，而與端（2.9%）、知（0.7%）的關係稍遠，這也間接地啓示了「心、審、邪」的地位：喻四與審（14.2%）、邪（18.6%）接近，而與心（4.5%）稍遠。

總之，字詞與字詞之間如果不是音義同源，具有語法意義關係的話，以音近諧聲去處理是沒有問題的。可是，一旦它們之間涉及音義同源，也就是具有同一語源關係，彼此之間能夠透過不同的詞綴進行形態交替，進而轉換不同的語法功能，那麼兩者的詞根就必須相同，而它們的聲母也不能只處理爲音近了。偏偏喻四和其他舌音之間存在著這種形態變化，因此光靠音近諧聲去解釋是不妥的。

三、喻四有兩個舌音來源

喻四跟定母的通轉次數是九十四，這部分喻四字學者同樣處理爲*l-（少數仍主張李方桂的擬音*r-），其實不然。本文認爲，定母只是單純的*d-，並沒有*l-的來源，關鍵問題仍然在於喻四本身。喻四與端系、知系聲母諧聲的這一部分其實來自於帶喉塞音前綴的*d-，因爲它與舌尖音聲母有形態變化；至於跟舌尖音沒有形態變化的喻四，則來自單聲母*l-。換言之，自身通轉二百四十七次的喻四是*l-，跟定母通轉九十四次的是*ʔd-。喻四恐怕有兩個舌音的來源。

下面以「甬：用：通」的關係爲觀察對象進，證明跟端、定諧聲的喻四，音值理當擬作舌尖濁塞音*ʔd-：

甬，余隴切，喻母東部。《說文．马部》：「甬，草木華甬甬然也。从马，用聲。」段玉裁注：「小徐曰：『甬之言涌也。若水涌出也。』《周禮》鐘柄爲甬。按：凡从甬聲之字皆興起之意。」甬在金文通作「用」。

用，余訟切，喻母東部。《說文．用部》「用，可施行也。从卜、从中。」〈曾姬無郿壺〉：「甬（用）乍（作）宗彝尊壺，後（後）嗣甬（用）之。」又通作「通」。

通，他紅切，透母東部。《說文・辵部》：「通，達也。从辵，甬聲。」《中山王礜鼎》：「𡨦（寡）人學（幼）踵（踵），未甬（通）智，隹（惟）俌（傅）毋（姆）氏（是）从（從）。」

「甬」字從「用」得聲，而且通作「通」。鄭張尚芳（2003：532-533）先生認爲「用」字甲骨文象有節之筒而以通條通其中，爲「通」之初文，並構擬出非常接近的音值：

甬 *loŋʔ
用 *loŋs
通 *lhooŋ

「用」既是「通」之初文，爲何兩者的語音形式相差那麼多？季旭昇先生在《說文新證》（上冊）（2002：560）引高鴻縉的說法：

> 「……甬為鐘柄，从P象形，非文字，用聲。徐灝曰：『此當以鐘甬為本意。』〈考工記・鳧氏〉：『舞上謂之甬。』鄭云『鐘柄』是也。」「甬」字作「鐘柄」解是對的，《周禮・考工記・鳧氏》：「鳧氏為鐘……舞上謂之通，甬上謂之衡。……」

可見「甬」不等於「鐘」。甬上有衡，因此「甬」理當是「鐘柄」。「甬」可以跟「鐘」、「鏞」構成以下詞族：

甬 *ʔ-doŋʔ = /鐘/ + /柄/
鐘 *g-toŋ = /樂/ + /鐘/
鏞 *ʔ-doŋ = /大/ + /鐘/

鐘，職茸切，照母東部。《說文・金部》：「鐘，樂鐘也。秋分之音，萬物穜成，故謂之鐘。从金，童聲。」鏞，余封切，喻母東部。《說文．金部》：「鏞，大鐘謂之鏞。从金，庸聲。」它們的演變規律是：

甬 *ʔ-doŋʔ＞[*ʔloŋʔ]＞ᶜloŋ＞ᶜjoŋ
鐘 *g-toŋ＞*꜀tjoŋ＞꜀tɕjoŋ
鏞 *ʔ-doŋ＞[*ʔloŋ]＞꜀loŋ＞꜁joŋ

其中[*ʔl-]是過渡階段。如果根據鄭張尚芳先生的說法，把喻四的音值擬爲*l-，連帶地把端、透、定、知、徹、澄等聲母的音值擬成塞化邊音、送氣邊音、清邊音等，這樣的處理其實是不妥當的。一方面，固然如潘悟雲（2000）先生所說的：一種語言有六種流音，很難找到有這樣的語音類型；另一方面，則是鄭張尚芳的說法無法完整的解釋以上各種密切的關係，特別是具有形態變化的同源關係。

至於諧聲系列中，並不夾雜端系、見系的，則可視喻四爲單純的流音聲母*l-。尤其是經過漢語詞族的觀察和漢藏語同源詞的比較，更能確定這部分喻四字是單聲母，它跟*ʔd-的來源並不相同。例如「亦」與「掖」的關係：

亦，羊益切，喻母鐸部。腋的本字。《說文．亦部》：「亦，人之臂亦也。从大，象兩亦之形。」段玉裁注：「徐鉉等曰：『亦今別作腋。』按《廣韻》肘腋作此字。俗用亦爲語詞，乃別造此。」

掖，羊益切，喻母鐸部。《說文．手部》：「掖，以手持人臂投地也。从手，夜聲。一曰：臂下也。」段玉裁注：「《左傳》：『衛人伐邢，二禮從國子巡城，掖以赴外，殺之。』赴當是仆之誤。《正義》曰：『《說文》云：掖，持臂也。謂執持其臂投之城外也。』《釋文》曰：『《說文》云：以手持人臂曰掖。』」《詩．陳風．衡門》鄭箋：「掖，扶持也。」

「亦」與「掖」都是「腋窩」，惟兩者有動、名之間的不同。因此，可以組成以下詞族：

亦 *lak = /腋窩/ + /名詞/
掖 *lak = /腋窩/ + /動詞/

可比較藏語的lag手、lag ŋar胳膊。「亦」與「掖」雖有動一名之別，卻沒有形態上的變化，可見這裡的喻四只是單純的*l-。如果把兩者都構擬爲*ʔ-dak，如此一來，反而混淆了動、名之間的區別，難以說明爲何動詞「掖」和名詞「亦」都帶*ʔ-前綴。

此外，由「亦」所組成的「亦聲系」和由「夜」所組成的「夜聲系」，都只有單純的喻四一讀：

亦聲系：亦弈奕帟羊益切
夜聲系：夜羊謝切䳛腋掖液羊益切

其中「夜」與「夕」明顯同源：

夜，羊謝切，喻母鐸部。《說文．夕部》：「夜，舍也。天下休舍也。从夕，亦省聲。」段玉裁注：「休舍猶休息也。舍，止也。夜與夕渾言不別，析言則殊。」

夕，祥易切，邪母鐸部。《說文．夕部》：「夕，莫也。从月半見。」段玉裁注：「莫者，日且冥也。日且冥而月且生矣。故字从月半見。」

「夜」與「夕」都是黃昏以後的時間，但「夜」比「夕」更晚。因此，兩者可構成一個詞族：

夜 *laks = /晚/ + /夜間/
夕 *zlak = /晚/ + /傍晚/

可比較藏語的ʑag夜。如此看來，不與定母接觸的喻四實在不適合構擬成*ʔd-。把喻四二分，不但能解決喻四跟定母（包括與端母、透母；徹母、審母等）的形態關係，同時也保留了喻四作爲邊音*l-而不與端系*T-、來母*r-相通的地位。

最後必須一提的是，潘悟雲（2000：269-270）先生曾經指出，越南語中的漢語借詞主要有漢越語和古漢越語兩大層次，喻四在漢越語的轉寫是d-（實際讀音爲[z]），而在古漢越語中則是l-，並羅列證據如下：

	古漢越語	漢越語
延	lan1 蔓延	diên1
蠅	lăng2 綠頭蠅	dăng1
以	lây5 介詞	di4
業	lep5 扁	葉diêp6
竇	lô4 小孔	du1
卣	lu1 大缸，瓮	由du1
垟	lang2 鄉	羊du'o'ng1
悠	lâu1 長久	du1
夷	li2 平滑	di1
遺	loi6 剩，漏	di1
逾	lô5 過分	du1
餘	lu'a1 剩餘	du'1

古漢越語是中唐以前，從中原零星傳入越南的漢語借詞，這時候的喻四似乎已經是邊音*l-了；換言之，上古的*ʔd-和*l-在傳入越南之時，已經合流爲*l-。雅洪托夫（1976：163）認爲《後漢書．東夷列傳》提到位於日本的「邪馬台」，這個「邪馬台」就是日本的jamatö，「邪馬台」對譯jamatö，譯音的開頭已經沒有*l-，說明當時「邪」的喻四讀音已經可以用來對譯j-了。根據雅洪托夫的說法，

「邪馬台」這個詞在西元57年或107年就已經為中國人所共知，那麼音變*l->j-的年代就應該發生在一至二世紀之間。

當*l->j-的音變發生後，來母*r-緊跟著就演變為l-。雅洪托夫（1976：163-164）發現李榮《切韻音系》（1956）所附的「根本字譯音表」中，東晉．法顯譯《佛說大般泥洹經》（417年）卷第五文字品第十四用「羅」對音la時注明「輕音」；對音ra時則沒有注。他因而認為，這或許意味著音譯者認為「羅」的讀音在印度的la、ra之間更接近於ra。而在北京天竺曇無讖譯《大般涅槃經》（414～421年）第八如來性品第四之五以及後來的許多音譯中，ra用帶「口」旁的「囉」表示，這說明在當時的漢語中已經沒有r這個音了。如果這些看法都正確，那麼*r->l-的過渡應該發生在五世紀初。因此，本文的主張跟古漢越語的情形不但沒有衝突，反而更能說明它們的演變時程。

綜上所述，喻四的變演可如下圖所示：

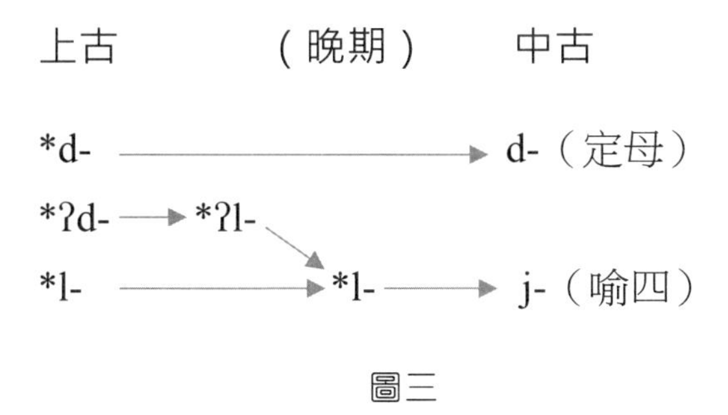

圖三

原來，並非定母有兩個來源，而是喻四有兩個來源，之後再合流為*l-，到了中古弱化為半元音j-，這個音變的時間點大概在一至二世紀左右。至於定母，則自始至終都只是單純的*d-，它不是帶前綴的*l-，更不是塞化的*l’-。

第四章

精系的詞族音義及其原始形態

中古四十一聲類中的齒頭音「精、清、從、心、邪」，除了「邪」母是後起的之外，其餘四個一直很穩定，所以大部分學者都認為是本有的，也就是上古漢語基本上會有這四個聲母。例如高本漢（1954）、王力（1957）、董同龢（1968）、李方桂（1971）、陳新雄（1972）、沙加爾（1999）等。然而，越來越多學者在調查少數民族語言、研究古代對音材料發現，塞擦音這種聲母雖然表面看起來很穩定，實際上卻不是原有的，而是後起的。

由於精系字在上古相對的穩定，因此，本章擬先討論精系字的詞族音義，確立同族詞之間的構詞理據，最後才進一步討論它們可能的本來形式，也就是原始形態。

第一節　精系字的詞族音義

中古的精系字由「精、清、從、心、邪」所組成，「邪」母後起，已為學界所公認，因此不予討論。本節所說的精系，特指「精、清、從、心」四母。以下先建立精系的詞族，然後再針對當中的音義關聯進行分析。

一、精（莊）系自身接觸的詞族

精系有部分詞族，它們的聲母不會跟其他聲母接觸，這些單一聲母的詞族看不出什麼問題，所以可以省略[1]。以下羅列的主要是精（莊）系同組聲母自身接觸的例子：

㈠ 詞族「峻」（超群）

陖（峻），私閏切，心母文部。字亦作「陖、㕙」。《說文·山部》：「陖，高也。从山，陖聲。峻，陖或省。」段玉裁注：「高

1　例如：「晉」聲系只有精母，「存」聲系只有從母，「桑」聲母只有心母，「嗇」聲系只有疏母等。這些聲系的詞族都只有單一的聲母，因此可以略而不談。

上當有陵字，轉寫奪之耳。高者，崇也。陵者、陗高也。凡斗上曰陗。䕩從陵，則義與陵同。」《國語．晉語九》：「高山峻原，不生草木。」韋昭注：「峻，峭也。」《楚辭．九章．涉江》：「山峻高以蔽日兮，下幽晦以多雨。」

俊，子峻切，精母文部。《說文．人部》：「俊，材過千人也。」《正字通》：「俊，才智拔類也。」《書．皋陶謨》：「翕受敷施，九德咸事，俊乂在官。」孔穎達疏：「馬、王、鄭皆云：才德過千人爲俊，百人爲乂。」《孟子．公孫丑上》：「尊賢使能，俊傑在位，則天下之士皆悅，而願立於其朝矣。」

駿，子峻切，精母文部。《說文．馬部》：「駿，馬之良材者。从馬，夋聲。」《廣韻．去聲．稕韻》：「駿，馬之俊。」《穆天子傳》卷一：「天子之駿，赤驥、盜驪、白義、踰輪、山子、渠黃、華騮、綠耳。」郭璞注：「駿者，馬之美稱。」《七諫．謬諫》：「駑駿雜而不分兮，服罷牛而驂驥。」王逸注：「良馬爲駿。」

䨀，七旬切，清母文部。《說文．兔部．新附》：「䨀，狡兔也。从兔，夋聲。」《廣韻．去聲．稕韻》：「䨀，古東郭之狡兔名。」《新序．雜事五》：「昔者，齊有良兔曰東埶䨀，蓋一旦而走五百里。」䨀是後起字，先秦寫作「逡、俊」，例如《戰國策．齊策三》：「韓子盧者，天下之疾犬也；東郭逡者，海內之狡兔也。」《戰國策．齊策四》：「世無東郭俊、盧氏之狗，王之走狗已具矣。」

畯，子峻切，精母文部。《說文．田部》：「畯，農夫也。从田，夋声。」段玉裁注：「田畯教田之時，則親而尊之。《詩》三言『田畯至喜』是也。死而爲神則祭之。《周禮》之『樂田畯』、『大蜡饗農』是也。」王引之《經義述聞》：「畯，長也。田畯，農之長。」《詩．豳風．七月》：「同我婦子，饁彼南畝，田畯至喜。」毛傳：「田畯，田大夫也。」

語音上，「峻」（心母）與「俊、子、畯」（精母）、䨀（清母）古音相近，爲旁紐雙聲，文部疊韻。五者有語音上的關係。

詞義上，「峻」是山陗高，「俊」是千人之才，「駿」是良馬，「鵔」是海內狡兔，「畯」是田大夫。它們都有共同的核心意義「超群」，因此可以建立以下詞族：

峻＝/山高/+/超群/
俊＝/人才/+/超群/
駿＝/良馬/+/超群/
鵔＝/狡兔/+/超群/
畯＝/農官/+/超群/

同族詞「峻：俊：駿：鵔：畯」的核義素是「超群」，它們的特點是：跟同等事物比較，有出類拔萃的意思。

㈡ 詞族「聚」（會集）

聚，才句切，從母侯部。《說文・㐺部》：「聚，會也。从㐺，取聲。」段玉裁注：「《公羊傳》曰：『會，猶冣也。』注云：『冣，聚也。』按：冖部曰：『冣，積也。』積以物言，聚以人言，其義通也。」《左傳・襄公二十八年》：「吳句餘予之朱方，聚其族焉而居之，富於其舊。」《荀子・議兵》：「仁人之兵，聚則成卒，散則成列。」

冣，才句切，從母侯部。《說文・冖部》：「冣，積也。从冂、从取，取亦聲。」段玉裁注：「冣與聚音義皆同，與冃部之最音義皆別。《公羊傳》曰：『會，猶冣也。』何云：『冣之爲言聚。』《周禮・太宰》注曰：『凡簿書之冣目。』劉歆與揚雄書索《方言》曰：『卻得其冣目。』又曰：『頗願與其冣目，得使入錄。』按：凡言冣目者，猶今言總目也。」《墨子・號令》：「嚴令吏民無敢讙囂、三冣、並行……」《史記・殷本紀》：「大冣樂戲於沙丘，以酒爲池，縣肉爲林，使男女倮相逐其間，爲長夜之飲。」集解引徐廣曰：「冣，一作聚。」

諏，子于切，精母侯部。《說文．言部》：「諏，聚謀也。从言取聲。」段玉裁注：「《左傳》：『咨事爲諏。』《魯語》作『咨才』，韋曰：『才當作事。』按：《釋詁》：『諏，謀也。』許於取聲別之曰聚謀。」《詩．小雅．皇皇者華》：「載馳載驅，周爰咨諏。」毛傳：「咨事爲諏。」《儀禮．特牲饋食禮》：「特牲饋食之禮，不諏日。」鄭注：「諏，謀也。」

語音上，「聚、冣」（從母）和「諏」（精母）是旁紐關係，韻部則同爲侯部疊韻。三者古音相近。

詞義上，「聚」是眾人聚合；「冣」是積聚，可用作總目或其他，亦可通聚；「諏」是聚謀咨事。這幾個同族詞都有「會集」的意思，因此可以建立以下詞族：

聚 = /眾人/+/會集/
冣 = /事物/+/會集/
諏 = /咨事/+/會集/

同族詞「聚：冣：諏」的共同核義素是「會集」，它們都有著表示聚合的特點。

㈢ 詞族「戔」（淺小）

淺，七衍切，清母元部。《說文．水部》：「淺，不深也。从水，戔聲。」《玉篇》：「淺，水淺也。」《詩．邶風．谷風》：「就其深矣，方之舟之；就其淺矣，泳方游之。」

俴，慈衍切，從母元部。《說文．人部》：「俴，淺也。从人，戔聲。」段玉裁注：「《秦風》：『小戎俴收。』《釋言》、《毛傳》皆曰：『俴，淺也。』」鄭箋：「此群臣之兵車，故曰小戎。」孔穎達疏：「先啓行之車謂之大戎，從後者謂之小戎。」

賤，才線切，從母元部。《說文．貝部》：「賤，賈少也。从貝，戔聲。」段玉裁注：「賈，今之價字。」《六書故》：「物賈之昂爲貴，下爲賤。」

虦（戲），昨閑切，從母元部。《說文・虎部》：「虦，虎竊毛謂之虦苗。从虎，戔聲。竊，淺也。」段玉裁注：「苗，今之貓字，許書以苗爲貓也。《釋獸》曰：『虎竊毛謂之戲貓。』按：毛、苗古同音。苗亦曰毛，如不毛之地是。竊、戲、淺亦同音也。」字或通作淺。《詩・大雅・韓奕》：「鞹鞃淺幭，鞗革金厄。」毛傳：「淺，虎皮淺毛也。」

箋（牋、菚），則前切，精母元部。《說文・竹部》：「箋，表識書也。从竹，戔聲。」段玉裁注：「鄭《六藝論》云：『注《詩》宗毛爲主，毛義若隱略，則更表明。如有不同，即下己意。』按：注詩偁箋，自說甚明。」《廣韻・下平・先韻》：「箋，《說文》曰：表識書也。則前切，十五。牋，上同。菚，古文。」

盞，阻限切，莊母元部。《方言》卷五：「盞，桮也。自關而東、趙魏之間曰椷，或曰盞。」郭璞注：「盞，最小桮也。」

語音上，「淺」（清母）、「俴、賤、虦」（從母）、「箋」（精母）與「盞」（莊母）古音相近，爲精清從旁紐、精莊準雙聲，元部疊韻。六者有語音上的關係。

詞義上，「淺」是水小不深；「俴」是小兵車的淺車斗；「賤」是價格低下；「虦」是虎皮淺毛；「箋」是表識書的小竹片；「盞」，淺而小的杯。這幾個同族詞的核心義是「淺小」[2]，因此可以建立共同的詞族如下：

淺 = /水/+/淺小/

---

[2] 詞族「戔」有「小」義之說，最早見於北宋・沈括《夢溪筆談・十四》：「王聖美治字學，演其義以為右文。……所謂右文者，如戔，小也。水之小者曰淺，金之小者曰錢，貝之小曰賤。如此之類，皆以戔為義也。」（欽定四庫全書本）裘錫圭（1993：20）指出：「宋人所舉的那幾個从『戔』之字，它們的意義其實就應該分為兩個系統，一系與殘損一類意義有關，一系與淺小一類有關。」其說正確，同一個聲系可包含兩個或以上的詞族。

俴 = /車斗/+/淺小/
賤 = /價格/+/淺小/[3]
虥虦 = /虎毛/+/淺小/
箋 = /竹片/+/淺小/
醆 = /杯子/+/淺小/

同族詞「淺：俴：賤：虦：箋：醆」的共同核心意義「淺小」就是這組詞族的核義素。

㈣ 詞族「卒」（終止）

崪，秦醉切，從母物部。《廣雅．釋詁二》：「崪，待也。」王念孫疏證：「 待者，止也。」《廣韻》：「崪，止崪。」王念孫《讀書雜志．漢書九》：「來崪：『異物來崪。』孟康曰：『崪，音萃。萃，聚集也。』念孫案：上文祇有一服，不得言聚集也。崪者，止也。其字從止，故上文言止于坐隅。」

卒，臧沒切，精母物部。《爾雅．釋詁下》：「卒，終也。」《書．舜典》：「卒乃復。」孔傳：「卒，終也。」《詩．邶風．日明》：「父兮母兮，畜我不卒。」鄭箋：「卒，終也。」《詩．豳風．七月》：「無衣無褐，何以卒歲？」鄭箋：「卒，終也。」《禮記．奔喪》：「三日五哭，卒，主人出送賓。」鄭注：「卒，猶止也。」

殚，子聿切，精母物部。《說文．歺部》：「殚，大夫死曰殚。从歺，卒聲。」《玉篇》：「殚，死也。」字或通作「卒」：《左傳．桓公五年》：「晉獻公卒，四子爭更立，晉亂。」

醉，將遂切，精母物部。《說文．酉部》：「醉，卒也。卒其度量，不至於亂也。一曰：潰也。从酉、从卒。」《詩．大雅．既醉》：「既醉以酒，既飽以德。」

3 「賤」是價格「低下」（低廉），「低下」與「淺小」義通。

語音上，「崒」（從母）與「卒：殚：醉」（精母）古音相近，為旁紐雙聲，物部疊韻。四者為音近關係。

「崒」是事物的聚止，「卒」是事物的終了，「殚」是大夫生命的結束，「醉」是飲酒的結束。它們都有「終止」的意思，因此可以建立以下詞族：

崒 = /聚集/+/終止/
卒 = /事物/+/終止/
殚 = /生命/+/終止/
醉 = /酒量/+/終止/

同族詞「崒：卒：殚：醉」的共同核心意義「終止」就是這組同族詞的核義素。

㈤ 詞族「參」（三）

三，穌甘切，心母侵部。《說文．三部》：「三，天地人之道也。从三數。」《書．周官》：「立太師、太傅、太保，茲惟三公，論道經邦，燮理陰陽。」《左傳．莊公十年》：「一鼓作氣，再而衰，三而竭。」《論語．泰伯》：「三分天下有其二，以服事殷。周之德，其可謂至德也已矣。」

曑（參），疏母侵部。《說文．晶部》：「曑，商星也。參，曑或省。」段玉裁注：「商當作晉。」《廣韻》：「參，參星，所今切。曑，上同。」《詩．唐風．綢繆》：「綢繆束薪，三星在天。」毛傳：「三星，參也。」《左傳．昭公元年》：「遷實沉於大夏，主參，唐人是因，以服事夏商。」《史記．天官書》：「參為白虎。三星直者，是為衡石。其外四星，左右肩股也。」

驂，倉含切，清母心部。《說文．馬部》：「驂，駕三馬也。從馬，參聲。」

犙，穌含切，心母侵部。《說文．牛部》：「犙，三歲牛。

從牛，參聲。」《急就篇》：「犙𤘘特㹀羔犢駒，雄雌牝牡相隨趨。」顏師古注：「犙，三歲牛也。」

參，清母侵部。《廣雅．釋言》：「參，三也。」《左傳．襄公二十七年》：「志以發言，言公出信，信以立志，參以定之。」杜預注：「志、言、信三者具，而後身安存。」《周禮．天官．大宰》：「設其參，立其伍。」鄭注：「參，謂卿三人。」《荀子．天論》：「天有其時，地有其財，人有其治，夫是之謂能參。」楊倞注：「人能治天時地財而用之，則是參於地地。」索隱：「天子比德干地，是貳地也。與己並天爲三，是參天也。」《書．西伯戡黎》：「乃罪多參在上，乃能責命于天。」孔傳：「言汝罪惡眾多，參列於上天。」《莊子．在宥》：「君與日月參光，吾與天地爲常。」

語音上，「三、犙」（心母）與「曑」（疏母）、「驂：參」（清母）古音相近，爲清心旁紐、心疏準雙聲，韻部則爲侵部疊韻。五者有語音上的關係。

「三」是數詞，「曑」是參星，「驂」是駕三馬，「犙」是三歲牛，「參」是並列爲三。這些同族詞都以「三」爲核心義，因此可建立詞族如下：

三＝/數目/+/三/
曑＝/星宿/+/三/
驂＝/駕馬/+/三/
犙＝/牛歲/+/三/
參＝/並列/+/三/

同族詞「三：曑：驂：犙：參」的共同核心意義「三」就是這組詞族的核義素。

以上五組詞族，若用李方桂（1971）的擬音，則是*ts-（精）、*ts‘-（清）、*dz-（從）、*s-（心）可以相通，甚至可以跟*tsr-

（莊）、*tsr‘-（初）、*dzr-（床）、*sr-（疏）相通。然而，*ts-和*tsr-；*ts-和*s-之間爲何可以互通？尤其是後者，*ts-是塞擦音而*s-是擦音，兩者雖然有擦音成分，但畢竟不同，如何能構成同源關係？其實，早在1992年，陳新雄（1935～2012）先生就曾經針對李方桂的擬音提出過質疑。陳新雄（1992：47-48）先生說：

> 我對李先生《上古音研究》的第一個疑惑，就是在三等韻當中「知」與「照三」兩系字的介音-rj-與-j-的標準何在？……如果把r當作聲母的一部分，則「知」[tr-]與「照」[t-]為不同的聲母，則又何以說「端」「知」「照」三母在上古為同源？

陳新雄先生的質疑是值得重視的，*tr-和*t-雖然有相同的成分t，但畢竟是不同的聲母；同理，*ts-和*s-雖然都有擦音成分，卻也不是相同的聲母。不同的聲母而可以互通，就必須說出理由；如果說不出理由，無法解釋內在的理據，那麼這種擬音跟董同龢的*t-、*ȶ-音近相通是沒有差別的。因此，精系和莊系，塞擦音和擦音之間，爲何可以相通，恐怕還必須進一步探究其中的內在機制，給出讓人滿意的答案。

二、精系與其他聲系接觸的詞族

少部分精系詞族，它們的聲母除了精（莊）系之外，還涉及其他聲母，那麼這些精系聲母的原始形式恐怕就更不會是傳統的*ts-、*ts‘-、*dz-、*s-了。以下先羅列出這樣的詞族：

㈠ 詞族「數」（次數）

屢，力羽切，來母侯部。《說文．尸部．新附》：「屢，數也。」《詩．小雅．巧言》：「君子屢盟，亂是用長。」鄭箋：「屢，數也。盟之所以數者，由世衰亂，多相背違。」又〈賓之初筵〉：「舍其坐遷，屢舞僊僊。」毛傳：「屢，數也。」《論語．先進》：「回也其庶乎？屢空。」何晏集解：「言回庶幾聖道，雖數空匱而樂在其中。」

數，所矩切，疏母侯部。《說文．攴部》：「數，計也。从攴，婁聲。」《周禮．地官．廩人》：「以歲之上下數邦用，以知足否，以詔穀用，以治年之凶豐。」鄭注：「數，猶計也。」

語音上，「屢」（來母）與「數」（疏母）古音稍有距離，但仍可用鄰紐關係來看待，韻部則為侯部疊韻。

「屢」是多次；「數」是計算，用作名詞時唸去聲。三者的聲符都從「婁」得聲，都跟計算、數次有關，只不過詞性不同而已。因此，可建立以下詞族：

屢＝/頻數/+/副詞/
數＝/計算/+/動詞/
數＝/數目/+/名詞/

同族詞「屢：數」的共同核義素是「數次」，因著不同的詞性而有不同的類別義。

㈡ 詞族「輯」（聚合）

輯，秦入切，從母緝部。《說文．車部》：「輯，車和輯也[4]。从車，咠聲。」段玉裁注：「各本作『車和輯也』，大誤，今正。自轈篆以上皆車名，自輿篆至軜篆皆車上事件，其閒不得有車和之訓。許書列字次弟有倫，可攷而知也。」《書．舜典》：「望于山川，偏于群神，輯五瑞。」孔傳：「輯，斂也。」《韓非子．說林下》：「甲輯而兵聚。」《漢書．藝文志》：「《論語》者，孔子應答弟子時人及弟子相與言而接聞於夫子之語也。當時弟子各有所

4 段玉裁《說文解字注》改作：「輯，車輿也。」

記，夫子既卒，門人相與輯而論纂，故謂之《論語》。」

緝，七入切，清母緝部。《說文・糸部》：「績也。从糸，咠聲。」《管子・輕重乙》：「大冬營室中，女事紡績緝縷之所作也，此之謂冬之秋。」

揖，伊入切，影母緝部。《說文・手部》：「攘也。从手，咠聲。一曰：手箸胷曰揖。」段玉裁注：「鄭禮注云：『推手曰揖。』凡拱其手使前曰揖。」引申之，凡聚合皆可稱揖。《集韻・緝韻》：「揖，聚也，成也。」《詩・周南・螽斯》：「螽斯羽，揖揖兮，宜爾子孫，蟄蟄兮。」毛傳：「揖揖，會聚也。」《逸周書・大聚》：「揖其民力，相更爲師，因其土宜，以爲民資。」《史記・秦始皇本紀》：「普天之下，摶心揖志，器械一量，同書文字。」索隱：「揖，音集。」《漢書・郊祀志上》：「揖五瑞，擇吉月日，見四嶽諸牧，班瑞。」顏注：「揖與輯同。揖，合也。」

戢，阻立切，莊母緝部。《說文・戈部》：「戢，藏兵也。从戈，咠聲。《詩》曰：『載戢干戈。』」段玉裁注：「《周頌・時邁》曰：『載戢干戈，載櫜弓矢。』傳曰：『戢，聚也。櫜，韜也。』聚與藏義相成，聚而藏之也。戢與輯音同，輯者，車輿也，可聚諸物，故毛訓戢爲聚。」《爾雅・釋詁上》：「戢，聚也。」《後漢書・光武帝紀》：「退功臣而進文吏，戢弓矢而散牛馬。」

咠，秦入切，從母緝部。《說文・十部》：「咠，詞之集也。从十，咠聲。」段玉裁注：「詞，當作辭。此下當有『《詩》曰辭之咠也』六字。蓋《詩》作咠，許以集解之。今《毛詩》作輯，《傳》作『輯，和也』。許所稱蓋三家詩。」《詩・大雅・板》：「辭之輯矣，民之洽矣。」《釋文》：「輯，音集。」

語音上，「輯、咠」（從母）、「緝」（清母）、「揖」（影母）、「戢」（莊母）的語音關係比較複雜，除了「揖」的影母之外，其他可以用清從旁紐、清從莊準雙聲來看待（關於「揖」的例外，後面還會論及）。

「輯」是材料聚合而成的車子，「緝」是積麻，「揖」是拱手向前，「戢」是聚藏兵器，「咠」是政令調和。以上同族詞皆有「聚合」的意思，因此，它們的詞族可建立爲：

輯＝/車材/+/聚合/
緝＝/績麻/+/聚合/
揖＝/拱手/+/聚合/
戢＝/兵器/+/聚合/
咠＝/言辭/+/聚合/[5]

這組同族詞「輯：緝：揖：戢：咠」的共同核義素是「聚合」，它們都有會集的特點。

㈢ 詞族「全」（完整）

全（仝），疾緣切，從母元部。《說文．入部》：「仝，完也。从入、从工。」段玉裁注：「《考工記．玉人》云：『天子用全。』大鄭云：『全，純色也。』許玉部云：『全，純玉也。』後鄭《周禮》注同許。按：云『純玉曰全』者，引經說此字从玉之意。」引申爲「保全、成全」。《孫子．謀攻》：「凡用兵之法，全國爲上，破國次之。」

詮，此緣切，清母元部。《說文．言部》：「詮，具也。从言，全聲。」《廣雅．釋詁三》：「詮，具也。」王念孫疏證：「詮者，論之具也。」《淮南子．要略》：「《詮言》者，所以譬類人事之指，解喻治亂之體也。差擇微言之眇，詮以至理之文，而補縫過失之闕者也。」

痊，此緣切，清母元部。《玉篇．疒部》：「痊，病瘳也。」《廣韻》：「痊，病除也。」《莊子．徐無鬼》：「今予病少痊，予

5 「咠」是辭之集，《詩．大雅．板》：「辭之輯矣，民之洽矣。」指政令調和，百姓融洽。「調和」與「聚合」義通。

又且復遊於六合之外。」成玄英疏：「痊，除也。」

牷，疾緣切，從母元部。《說文·牛部》：「牷，牛純色。从牛，全聲。」《廣韻》：「牷，牛全色。」《書·微子》：「今殷民乃攘竊神祇之犧牷牲。」孔傳：「色純曰犧，體完曰牷，牛羊豕曰牲。」《周禮·地官·牧人》：「牧人掌牧六牲而阜蕃其物，以共祭祀之牲牷。」鄭注：「鄭司農云：『牷，純色。』玄謂：牷，體完具。」

輇，市緣切，禪母元部。《說文·車部》：「輇，蕃車下庳輪也。一曰：無輻也。从車，全聲。讀若饌。」又「輪」字下：「有輻曰輪，無輻曰輇。」

語音上，「全、牷」（從母）與「詮、痊」（清母）的古音關係爲旁紐雙聲，元部疊韻。但「輇」（禪母）卻是例外。

「全」是純玉，「詮」是詮釋，「痊」是病癒，「牷」是牛純色，「輇」是全木製成的車輪。這一組同族詞的核心義很明顯，都有「完整」的意思。因此，可建立詞族如下：

全 = /美玉/+/完整/
詮 = /解釋/+/完整/
痊 = /健康/+/完整/
牷 = /牲色/+/完整/
輇 = /輪木/+/完整/

這組同族詞「全：詮：痊：牷：輇」的核義素是「完整」，它們都有完全、整體的特點。

㈣ 詞族「酉」（水酒）

酉，與久切，喻母幽部。《說文·酉部》：「酉，就也。八月黍成可爲酎酒。象古文酉之形也。」從字形上看，酉爲貯酒器，引申爲（酒）釀製而成，所以說「就也」。

酒，子酉切，精母幽部。《說文．水部》：「酒，就也。所以就人性之善惡。从水、酉，酉亦聲。」《睡虎地秦墓竹簡．秦律．田律》：「百姓居田舍者毋敢醢酉」、《馬王堆漢墓帛書．春秋事語》：「縣鐘而長飲酉」，字皆作「酉」。可見酉、酒是一對古今字。不過，酉字早在殷商時代就已被借爲地支了，例如《甲骨文合集》10085版：「計酉卜」，因此在構擬古音的時候，也應該把音變的過程考慮進去。

酋，自秋切，從母幽部。《說文．酋部》：「酋，繹酒也。」段玉裁注：「繹之言昔也。昔，久也。然則繹酒謂日久之酒。」《禮記．月令》：「乃命大酋。」鄭注：「酒孰曰酋。大酋者，酒官之長也。於《周禮》則爲酒人。」《呂氏春秋．仲冬》：「乃命大酋。」高誘注：「大酋，主酒官也。」酋是陳年的酒，因而掌管酒的官長被稱爲大酋。

語音上，「酉」（喻母）與「酒」（清母）、「酋」（從母）的古音關係爲鄰紐關係，韻部則爲幽部疊韻。

「酉」是裝酒容器，「酒」是水酒，「酋」是陳年的酒。它們都跟「酒」有關，因此，這些同族詞組成了以下的同源關係：

酉 = /容器/+/酒/

酒 = /水/+/酒/

酋 = /久釀/+/酒/

這組同族詞「酉：酒：酋」都有共同的核心意義，而「酒」正是它們的核義素。

㈤ 詞族「与」+「舉」（給與+高舉）

与，余呂切，喻母魚部。《說文．勺部》：「与，賜予也。」

舁，以諸切，喻母魚部。《說文．舁部》：「舁，共舉也。从臼、廾。」

與，余呂切，喻母魚部。《說文．舁部》：「與，黨與也。从舁、与。」段玉裁注：「黨當作攩，攩，朋群也。與當作与，与，賜與也。會意。舉而与之也。舁与皆亦聲。」王力（1982：161）：「《說文》『与』『與』分爲二字，但賜予的『与』古書都寫作『與』。《廣韻》：『与，同與。』」

舉，居許切，見母魚部。《說文．手部》：「舉，對舉也。从手，舉聲。」段玉裁注：「對舉謂以兩手舉之，故其字從手與。」

語音上，「与、舁、與」（喻母）與「舉」（見）古音稍遠，或仍可稱之爲鄰紐關係，韻部則爲魚部疊韻。

這四個字所組成的詞族比較特別，它包含了「給予」義和「舉起」義，但「与」和「舉」不相涉，所以這組同族詞又可再細分爲「与」詞族（与：與）和「舉」詞族（與：舁：舉）。以下是它們的詞族關係：

与 = /給予/
與 = /舉起/+/給予/
舁 = /共同/+/舉起/
舉 = /雙手/+/舉起/

以上這五組詞族，前四組除了有精（莊）系自身之外，還有來母、影母、喻母等。但是，這裡的來母只跟疏母構成同族詞，因此兩者的音值可以擬作*r-和*sr-，聲幹是r，而s是詞頭。這樣就可以解決來母和疏母接觸的問題了。

剩下的精系跟喉牙音接觸的例子，上一章說過，部分喻母字來自於牙音，例如第五組；而這部分的精系聲母既然能跟影、見、喻母相通，那麼它們恐怕也是來自於喉牙音而非原本就是齒音了。下一節會詳細論述它們的音值。

第二節 塞擦音並非語音的原始面貌

中古音有精、清、從三母，它們是塞擦音；上古也有精、清、從三母，它們也是塞擦音嗎？由於漢字是方塊字而不是拼音文字，因此一直以來，中古的精、清、從都被視爲齒音，與中古無異；音値則構擬爲*ts-、*ts‘-、*dz-，各家大同小異。這個局面，一直到1999年鄭張尙芳先生的〈漢語塞擦音聲母的來源〉一文，才被打破。

一、少數民族語言的塞擦音

1983年，張均如在〈壯侗語族塞擦音的產生和發展〉（1983：19-29）一文中，首先提出侗台語的塞擦音聲母是後起的。張氏針對侗台語族語言進行了方言點的調查，發現壯侗語的方言中塞擦音聲母是罕見的。經過這種同族語支語言的比較，張均如認爲原始侗台語，恐怕並沒有塞擦音聲母。

張均如的研究拉開了重要的學術布幕，他的成果啓發了後人對於塞擦音這種聲母是否原始的有了不同的思考。

1991年，《藏緬語語音和詞彙》編寫組在編撰藏緬語族語言的時候，發現了同樣的問題，也就是塞擦音在藏緬語中似乎不是本有的現象。他們從同源詞的對比情況，參照藏文、緬甸文等歷史文獻發現，中古時期藏緬語的塞擦音是比較少的，早期也許沒有塞擦音，塞擦音是在長期的歷史演變過程中，逐步發展起來的。因此，編寫組在《藏緬語語音和詞彙．導論》（1991：20）下了兩點結論：

> (1)早期藏緬語的塞擦音是很少或者説是沒有的，藏緬語族各語言塞擦音的發展是後起的，目前各語言塞擦音的發展是不平衡的，這種不平衡現象是由各語言自身的變化規律所決定的。

(2)在多數語言裡，塞擦音的發展是和輔音受韻母的影響以及在複輔音中受後置擦輔音、顫輔音的影響有直接關係，這種影響，使藏緬語各語言產生了多少不等的塞擦音。

如果侗台語族、藏緬語族的塞擦音都是後起的，那麼同是漢藏語系語言的漢語，它的塞擦音精系聲母是否也是後起的呢？江荻（2002：47）先生曾說過：

（漢藏語言）它在原始母語時期就已經出現了塞擦音系統。……可以認為，舌面塞擦音，以及捲舌塞擦音和舌根塞擦音等是有標記的，而舌尖塞擦音是無標記的。在這個意義上，歷史語言研究可以把舌尖塞擦音看作漢藏語言共同時期的原生音素。

江荻先生認爲漢藏語言在原始母語時期就出現了一套舌尖塞擦音，這就表示這一套塞擦音是原生的（至少是分化以前就共有的）；如果侗台語、藏緬語的塞擦音是後起的，那麼這些成果就給了研究上古音的學者很大的啓發。

俞敏（1916～1995）是第一個注意到上古漢語晚期缺乏塞擦音聲母的學者，他在整理〈後漢三國梵漢對音譜〉（1999：12）時，發現梵漢對音中照三系的字不但少，而且例外字的來源又雜亂，因此他說：

結論只可能有一個：漢末的漢話裡沒有c組塞擦音。

不過，俞敏所說的c組塞擦音，主要還是照三系字。照三系在上古歸屬舌音端系，早在清代的夏燮、民國的黃侃就已經證明了；因此重點還在於：從未被懷疑過的精系是否是原有的？

俞敏（1999：17）在梵文中並沒有找到能與漢語精系（心母除外）對應的聲母，照理沒有發現精系的梵漢對音，應該可以推導出上古漢語恐怕也沒有塞擦音的可能性。可惜，俞敏卻說：

> 有「心」，「精」、「清」、「從」大概也有。

梵漢對音有「心」母，所以俞敏認為應該也有「精、清、從」三母，這就有問題了，因為有擦音並不一定有塞擦音。尤其前面說過，侗台語、藏緬語的塞擦音都可能是後起的，因此梵漢對音所反映出來的語言現象：有心母沒有精、清、從母；有擦音沒有塞擦音，非常值得重視。不得不肯定地說，俞敏的結果雖然不正確，但他的觀察卻已為後人打開了一個新的缺口。

鄭張尚芳先生在〈漢語塞擦音聲母的來源〉（1999：431）一文中，就開宗明義地說：

> 現代漢語塞擦音聲母多達三套，但親屬語言史研究顯示塞擦音聲母多屬後起（張均如）。《藏緬語語音和詞彙》導論說：「藏緬語族各語言塞擦音的發展是後起的。」那麼漢語塞擦音是否後起也值得探討。

不得不承認，鄭張尚芳先生的目光非常銳利，他注意到了別人忽略的重要線索，從而提出了驚人的學術發現。

二、上古漢語的塞擦音聲母

在鄭張尚芳先生提出新說以前，各家對精系聲母精、清、從的擬音幾乎一致，都擬作塞擦音*ts-、*ts‘-、*dz-。只有國外學者比較特殊，他們爲了解釋部分精系和其他聲母的接觸，構擬了一個*s-詞頭，例如Pulleyblank（蒲立本 1962）、Bodman（包擬古 1969）等。

李方桂（1971）受此影響，也構擬了一套帶*s-詞頭的複聲母*sk-、*sk'-、*sg-等，用以解釋精系的特殊諧聲。不過，對於自己的擬音，李方桂（1971：26-27）相對保守地說：

> 上古複聲母的擬測是個複雜問題，將來在漢語語源以及藏漢語比較有了基礎以後，也許有更好的解釋。

1999年，鄭張尚芳先生在〈漢語塞擦音聲母的來源〉一文中，明確提出上古漢語並沒有塞擦音的看法。他在文中自述自己的論證是受到張均如〈壯侗語族塞擦音的產生和發展〉、《藏緬語語音和詞彙·導論》以及俞敏〈後漢三國梵漢對音譜〉等研究成果的啓發。照系古歸端、莊系古歸精，那精系本身呢？鄭張尚芳（1999：431-432）先生觀察了少數民族語言中最古老且複輔音最多的藏緬語的情形，結果發現：

> 複輔音最豐富的幾種藏緬語都只有擦音sr、zr系列而無塞擦音tsr、tshr、dzr系列（嘉戎唯有一個tsr不成系列）。今藏語tʂ類主要是由kr、pr系列變來，但藏文部分sr拉薩今也變塞擦tʂ（如：srab薄、sro虮、sreg油炸），部分sl德格今變ts（如：slop教學，sla稀、容易）。

塞擦音是由複輔音演變而來的，至於演變的機制，鄭張尚芳先生認爲當中的r、l顯然具有塞化作用，因此他將流音塞化引起sl、sr塞擦化的設想引入漢語，用來說明精、莊二系的起源。不過，1999年以後，又參照緬文改清母爲sh-、從母爲z-，於是鄭張尚芳（2003：

45）先生的系統最終修訂爲：

精系與莊系擬音表

精系	莊系
精 *ʔs-、*ʔsl- 清 *sh-、*shl- 從 *z-、*zl-	莊 *ʔsr- 初 *shr- 崇 *zr-

這樣改動，既可以解決精、莊同源的問題，又可以解釋它們跟親屬語言之間的對應；同時還可以解釋部分精、莊字爲何能跟來母*r-、喻四*l-有例外的諧聲母接觸。

其實，早在李方桂撰寫〈藏文前綴音對於聲母的影響〉（Li, Fang-kuei 1933），就已經注意到喉音能使擦音塞化的現象。李方桂（Li 1933：655）從書面藏語的時態變化，觀察出藏語的塞擦音應當來自於帶前綴ɦ-的擦音，他說：

> 於是，現在時ɦ-tɕh-當追溯到ɦ-ɕ-，而因為前綴ɦ-不能存在於ɕ-之前，所以我們可以有把握地假定ɦ-ɕ-＞ɦ-tɕh-這樣的演變。

連帶地，李方桂（Li 1933：655-657）也討論了以下三種音變：

ɦtsh-＜ɦ-s-
ɦdʑ-＜ɦ-ʑ-
ɦdz-＜ɦ-z-

可見，鄭張尚芳先生的新說：精系字本屬擦音，因帶喉冠音而塞擦化的想法，其實是受到李方桂的影響。

2002年，金理新先生在《上古漢語音系》中提出不一樣的看法，他認爲精系和端系，甚至知系、照三系的接觸都是零星的，不能算是諧聲規則。倘若從漢藏同源詞的比較去觀察，就可以發現，上古漢語的精系不但可以跟藏語的舌尖塞音對應，同時也可以跟藏語的舌面塞擦音對應。當一種聲母可以對應於兩種聲母時，這就表示這種聲母的性質介於其他兩者之間。金理新（2002：335-336）先生因而認爲：

> 上古漢語的精組和藏語的舌面音是漢藏之間一條主要的語音對應規則，即藏語的舌面塞擦音是上古漢語精組的集中地。藏語中存在一個構詞中綴j，而這個構詞中綴也可以附加在舌尖塞輔音之後組成tj-系列聲母。依據龍煌城先生的研究，藏語的舌面塞擦音來自於古藏語的*tj系列聲母。

既然藏語的舌面塞擦音來自於古藏語的*tj系列聲母，那麼跟藏語對應的精組，它更古早的形式自然也應該是*tj了。因此，金理新（2002：347）先生主張：

> 莊組中古儘管有二等和三等之分，但其分布卻處於互補之中。……上古應該屬於三等一類無疑，其上古音可以構擬為*tr-系列複輔音聲母。上古漢語的流音*l-、*r-、*j-可以相互交替。……因而，精組上古讀音就可以構擬為：上古漢語*tl-＞ts-精組一等，*tr-＞tʃ-莊組二等和三等，*tj-＞tsj-精組三等。

金理新先生一開始把上古的精母一等構擬爲*tl-，三等構擬爲*tj-，莊母構擬爲*tr-，並且認爲*l-、*r-、*j-可以相互交替。然而，*l-、*r-、*j-是何種交替，卻不清楚。因此，金理新（2006）先生後來著眼於上古漢語的形態變化，修正了之前的說法，把精、莊的擬音重新修訂爲：

精組一等：*tj-
精組三等：*ɦ-tj-
莊組　　：*r-tj-

這樣，精、莊就有了相同的聲幹*tj-作爲同源的根據；至於中古分化爲不同的聲母和等第，主要是前面的不同詞綴所致。而不同的詞綴可以交替，是因爲它們會有不同的形態功能。

第三節　上古精系聲母的原始形態

上一節提到，無論侗台語、藏緬語，還是上古漢語，它們的塞擦音都有可能都是後起的。如果這些語言的塞擦音都是後起的，那麼它們的原始形式是什麼？相對古老的藏緬語語料告訴我們，它們似乎是受到詞綴的影響，才會發生塞擦化。當然，這只是其中的一個條件，除了受詞綴影響之外，不排除還有其他的因素。

一、精系聲母來自複輔音*Tj-

前面說過，雖然大部分學者都把上古的精系聲母構擬成*ts-、*ts‘-、*dz-，但這似乎不是精系聲母的原始形式，因爲精系聲母是塞擦音，而塞擦音極可能是後起的。如果這一推論屬實，那麼精系聲母的原始形式是什麼？

㈠ 精系自身的接觸

金理新（2006）先生爲上古的塞擦音聲母構擬出複輔音*Tj-（三

等的精系則是*ɦ-Tj-）作爲原始形式，用聲母的顎化來解釋塞擦音的出現。這是非常新穎且大膽的假設，然而是否能經得起考驗，就看他的擬音是否能跟文獻語料所反映的現象相契合了。以下是金理新（2006：316）先生的例證：

> 聚*ɦ-djo-ɦ，慈庾切，《說文》：「會也。」聚*ɦ-djo-s，才句切。《左傳．成公十三年》：「我是以有輔氏之聚。」《釋文》：「聚，才喻反。」又《莊公二十五年》：「乃城聚而處之。」【注】：「聚，晉邑。」《釋文》：「聚，才喻切。」輳*thjo-s，倉奏切，「輻輳」。《漢書．孫叔通傳》顏師古【注】：「輳，聚也，言車輻聚於轂也。湊*thjo-s，倉奏切，「水會也」。《說文》：「湊，水上人所會也。段【注】：「引申為凡聚集之稱。」《逸周書．作洛》：「以為天下之大湊。」

兩個「聚」之間具有形態交替，前者帶-ɦ後綴，中古演變爲上聲；後者帶-s後綴，中古演變爲去聲。「聚」跟「輳、湊」的關係則在於有沒有前綴：「聚」帶ɦ-前綴而「輳、湊」爲原形，沒有前綴。而且「聚」還可比較藏文的ɦ-du、du-s集（聚集）。可見，金理新精系聲母來自原始的*Tj-的看法是可行的。尤其是金理新的主張跟本文所建立的詞族「聚」（會集）並沒有衝突：（擬音調整爲本文的主張，下同）

聚 *ʔ-djos＞*dzjos = /眾人/+/會集/
取 *ʔ-djos＞*dzjos = /事物/+/會集/
諏 *ʔ-tjo ＞*tsjo = /咨事/+/會集/

前面的擬音是原始形態，後面的擬音則是後來的形式。傳統的擬音其實跟新說並沒有太大的衝突。非但沒有衝突，新說反而可以補傳統擬音的不足。

又如「卒」字的形態音韻，金理新（2006：374）先生認爲可與「醉」字的形態進行交替：

> 卒*ɦ-tjud，子聿切，「終也，盡也」。《左傳・襄公二十年》：「賦常棣之七章以卒。」卒由「終了」引申為「死」，《左傳》多為「死」這一意義。醉*ɦ-tjud-s，將遂切，「《說文》曰：醉，卒也，各卒其度不至於亂也」。《左傳・僖公二十三年》：「姜與子犯謀，醉而遣之。」又《成公十三年》：「子反醉而不能見。」

「卒」和「醉」的差別在於有沒有帶*-s後綴，金理新先生認爲這個*-s後綴是一個形態標記，它有非自主動詞的功能。而聲母則相同，都是*tj-。本文所建立的「卒」（終止）詞族可供佐證：

崪 *ʔ-djut＞*dzjut = /聚集/+/終止/
卒 *tjut＞*tsut = /事物/+/終止/
殚 *ʔ-tjut＞*tsjut = /生命/+/終止/
醉 *ʔ-tjuts＞*tsjuts = /酒量/+/終止/

精系的親屬稱謂詞也支持這一擬音。例如「姊」（將几切，精母脂部）**ʔ-tjirʔ＞*tsjirʔ，可比較藏文的ʔa tçe姊。另外，《爾雅・釋詁》：「秭，數也。」亦可比較藏文的r-tsi數（計算）。

至於精系和心母的接觸，李方桂（1971：10）曾經說過：

> 上古的舌尖塞擦音或擦音互諧，不跟舌尖塞音相諧。

沒錯，根據文獻語料，上古的塞擦音的確跟擦音互諧，而不跟塞音相諧；但是，爲什麼？塞擦音有塞和擦兩部分，前塞後擦，爲何只能跟擦音互諧而不能跟塞音相諧？這是必須說明的。例如詞族「峻」（超群）：

峻 *s-tjuns＞*suns = /山高/+/超群/
俊 *ʔ-tjuns＞*tsuns = /人才/+/超群/
駿 *ʔ-tjuns＞*tsuns = /良馬/+/超群/
䨻 *ʔ-tjuns＞*tsuns = /狡兔/+/超群/
畯 *ʔ-tjuns＞*tsuns = /農官/+/超群/

這組詞族既有塞擦音，又有擦音，它們如何能成爲同族詞？原來這類心母字本來就是塞音而非擦音；換言之，心母字有部分來自塞音，後來才弱化爲擦音。也只有把心母改擬爲具有相同聲母的*s-tj-，才能解釋這些同族詞之間的接觸。這或許就是金理新（2002：28）先生所說的：「上古漢語與《切韻》之間並不存在一一對應關係。」原來，這裡的精母和心母都是複輔音*tj-，它們透過不同的前綴進行交替，因而使不可能相諧的塞擦音和擦音看起來成爲可能。實際上，並非塞擦音*ts-和擦音*s-本身可以互諧。

然而，不是所有的心母都是*s-tj-，有的心母跟清母互諧，這類心母仍然是*s-。例如詞族「參」（三）：

三 *sɯm = /數目/+/三/
曑 *srɯm = /星宿/+/三/
驂 *ʔ-sɯm = /駕馬/+/三/
犙 *sɯm = /牛歲/+/三/
參 *ʔ-sɯm = /並列/+/三/

可比較古藏語的g-sum三[6]。這組詞族的聲母有心母、疏母和清母，無論龔煌城（2000：178）先生或金理新（2006：274）先生，都把這裡的心母構擬為*s-，而清母則帶有詞頭*N-或*ɦ-，兩家看法大同小異。

(二) 精系與莊系、照系的接觸

上古精莊同源，李方桂（1971）認為莊系聲母後頭帶有一個捲舌的*-r-介音，這個看法為大部分學者所接受。可是，藏語的r只出現在舌音的前面而非後面，因此龔煌城（2000）先生把莊系的*-r-介音移到聲母的前面，並認為它是一個詞頭（構詞前綴）。因此，莊系與精系的接觸，只要在精系的聲母*Tj-前面加個前綴*r-即可。以下「淺」（淺小）詞族即是一個例證：

淺 *ʔ-t'janʔ ＞*ts'janʔ = /水/+/淺小/
俴 *ʔ-djanʔ＞*dzjanʔ = /車斗/+/淺小/
賤 *ʔ-djans＞*dzjans = /價格/+/淺小/
虥 *ʔ-djan ＞*dzjan = /虎毛/+/淺小/
箋 *ʔ-tjan ＞*tsjan = /竹片/+/淺小/
盞 *r-tjanʔ ＞*tsrjanʔ = /杯子/+/淺小/

至於疏母和來母的接觸，金理新（2006：395）先生把來母的*r-視為聲幹，疏母則是多帶了一個*s-前綴：

數*s-ro-ɦ，所矩切，「《說文》：計也」。《左傳・隱公五年》：「歸而飲至以數軍實。」《釋文》：「數，

[6] 古藏語的數詞比較特別，通常都帶有詞綴標記，例如：g-tɕig「一」、g-ɲis「二」、g-sum「三」、b-ʑi「四」、l-ŋa「五」、d-rug「六」、b-dun「七」、b-rgjad「八」、d-gu「九」、b-tɕu「十」。上古漢語的「三」*sum則沒有帶數詞前綴。

所主反。」《周禮・春官・宗伯》：「展樂器。」鄭【注】：「展謂陳數之。」《釋文》：「數，所主反。」數*s-ro-s，色句切，「算數」。《左傳・昭公元年》杜【注】：「子產數子晳罪。」《釋文》：「數，色主反，又色具反。」《禮記・儒行》：「其過失可微辨而不可面數也。」《釋文》：「數，所具反。」

金理新先生用兩個後綴來區分「數」的差別；若把本文的「數」詞族拉進來，或許更能看清它們之間的變化：

屢 *roʔ＞roʔ = /頻數/+/副詞/
數 *s-roʔ＞sroʔ = /計算/+/動詞/
數 *s-ros＞sros = /數目/+/名詞/

「屢」加了前綴*s-之後變成動詞「數」，動詞「數」的後綴*-ʔ轉換成*-s之後則變為名詞「數」。以往學者都把跟疏母諧聲的來母視為複輔音*sr-，其實複輔音是詞綴凝固後的形式，它是一個詞位，雖然包含兩個音，卻只能算一個。因此，金理新先生把疏母的*s-視為前綴，認為有一定的形態功能是可取的。

至於精系聲母和照三系的接觸，也可以作如是處理。例如本文所整理出來的詞族「全」（完整），當中就有照三系的禪母「輇」。金理新（2006：102）先生認為「全」的形態可與「痊」交替：

全*ɦ-djon，疾緣切，「完也，具也」。《周易・繫辭》：「君子修此三者，故全也。」《莊子・養生主》：「三年之後未嘗見全牛也。」《莊子・德充符》：「人以其全足笑吾不全足者眾矣。」又《人間世》：「傳其常情無傳其溢言，則幾乎全。」全，上古也可以有致使用法。《莊子・養生主》：「可以保身，可以全生，可以養親。」痊*ɦ-thjon，此緣切，「病瘳」。《莊子・徐無鬼》：「今予病少痊，予又且復遊於六合之外。」

「全」與「痊」有形態上的變化，這種變化主要透過聲母的清濁交替來完成。現在，再把整個「全」（完整）詞族拉進來，那麼它們的形態音義就會更完整地呈現：

全 *ʔ-djon＞*dzjon = /美玉/+/完整/
詮 *ʔ-t'jon＞*ts'jon = /解釋/+/完整/
痊 *ʔ-t'jon＞*ts'jon = /健康/+/完整/
牷 *ʔ-djon＞*dzjon = /牲色/+/完整/
輇 *g-djon＞*djon = /輪木/+/完整/

以上同族詞的聲母若非清濁交替，則帶有不同的前綴，如此則能進行形態上的變化。當然，從字義去看，從「全」得聲的字都有完整義，因此後世的音義變化：語音上的雙聲相轉、疊韻相迻，以及詞義上的擴大、縮小、轉移等，都是在這個基礎上進行的。上古音研究中的「形態相關說」和「音義相關說」並沒有衝突，這兩種主張其實是可以相容的。

因此，以下討論，本文參照金理新先生的說法，把精系聲母的音值改爲*Tj-；至於前綴，則改爲本論文的主張。

二、精系與喉牙音接觸的形態

2002年，拙著《喻四的上古來源、聲值及其演變》針對喻四的通轉作全面的統計和觀察，發現概率統計法雖然可以把少數與喻四通轉的聲母剔除，只保留有音理關係的聲母。然而，通轉次數未超過概率數的，是否就必定屬於偶然的接觸呢？答案恐怕是否定的。

㈠ 精系與喻四的接觸

拙著（2002：72）發現，有些聲母的通轉次數雖然沒有超過概率數，但它與喻四的通轉次數相當高，例如見母，它跟喻四的通轉高達九十九次，佔5.3%，如果把見母的接觸視爲例外，恐怕不妥。因此，拙著認爲，喻四有舌根音的來源，當時受到潘悟雲（2000）先生「一個半音節」說的影響，把這一類喻四構擬成*g-l-。

2008年，拙著《上古漢語的詞綴形態及其語法功能》在處理喻四和舌根音的接觸時，放棄了「一個半音節」的想法，針對喻四的上古音值作了調整，試看以下「与」（給與）+「舉」（高舉）詞族：

与 *gjaʔ = /給予/
與 *gjaʔ = /舉起/+/給予/
舁 *gja = /共同/+/舉起/
舉 *kjaʔ = /雙手/+/舉起/

這組詞族由見母和喻四所組成，它們應當有共同的聲幹，若以「一個半音節」處理，則是*g-l-（＞*l-）和*kl-（＞*kj-）的通轉，雖說*g-l-仍然有舌根濁塞音成分，但它更像是前綴而非聲幹，因此不再採用此說。

無獨有偶，金理新（2006：363、364、369）先生把喻四構擬爲*j-，卻認爲它在更早的時候有舌根音的來源：

与*ja-ɦ[7]，余呂切，《說文》：「賜予也。」

---

[7] 疑「*ja-ɦ」之後缺漏「＜**gja-ɦ」。

與*ja-s＜**gja-s，羊洳切，「參與」。《戰國策・齊策》【注】：「與，猶助也。」

與*ja-ɦ＜**gja-ɦ，余呂切，「《說文》曰：當與也」[8]。《詩經・江有汜》：「之子歸，不我與；不我與，其後也處。」《詩經・旄丘》：「叔兮伯兮，靡所與同。」《釋文》無注，以為如字。

与*ja-s＜**gja-s，羊洳切，「參與也」。《左傳・宣公七年》：「凡師出與謀曰及，不與謀曰會。」《釋文》：「與，音預。」又《隱公四年》：「惡州吁而厚與焉。」《釋文》：「與，音預。」

如此看來，本文的主張跟金理新先生大同小異。例如對「酒：酋」的處理，金理新（2006：31）先生認爲：

酒*ɦ-tju-ɦ＜**ɦ-kju-ɦ，子酉切，《說文》：「酒，就也，所以就人性之善惡。从水，酉亦聲。一曰造也，吉凶所造也。」《詩經・信南山》：「祭以清酒。」

酋*ɦ-dju＜**ɦ-gju，自秋切，《說文》：「繹酒也。从酉，水半見於上。禮有大酋，掌酒官也。」段【注】：「酋之義，引申之凡久皆曰酋。」《禮記・月令》鄭【注】：「酒熟曰酋。」

「酒」不但和「酋」有語源關係，而且還能和「酉」組成一個詞族。拙著（2008）就曾對「酉、酒、酋」的詞族關係作了以下處

8 《說文・舁部》作：「黨與也。」此處的「當」為「黨」字之誤。

理：

酉 *ju·＜*gjuɦ＜**glu-ɦ：容器+酒（亦為古文「酒」字）
酒 *tsju·＜*stsjuɦ＜**s-klu-ɦ：水+酒
酋 *dzju ＜*sdzju＜**s-glu：久釀+酒[9]

可比較以下藏語詞族：

skyur發酸
skyur chu酸水，酒
skyur rtsi 酒麴
skyur ɦgong bshad pa耍酒瘋

如此看來，喻四有舌根來源的看法是正確的，而之前的擬音方向也基本正確。現在要處理的只是細節的微調：

酉 **gjuʔ ＞*juʔ ＝/容器/+/酒/
酒 **s-kjuʔ＞*tsjuʔ＝/水/+/酒/
酋 **s-gju ＞*dzju＝/久釀/+/酒/

㈡ 精系與影母的接觸

精母除了可以跟喻四接觸外，還可以跟影母接觸。金理新（2006：47）先生在處理精系聲母時，只要這些精系字有跟喉牙音

9　潘悟雲（2000：306）指出：「很多音韻學家認為sT-＞Ts-是一種換位音變，但是札壩語的ʂtʂə^{55}星星告訴我們，它的實際過程是sT-＞sTs-＞Ts-，s-的擦音性質先使後頭的T-變成塞擦音，以後s-失落。札壩語的擦音是ʂ-，所以使t變成tʂ。」因此，酒、酉的音變過程分別是：酒*skl-＞*s-tsj-＞tsj-；酉*gl-＞*gj-＞j-。舌根輔音是它們的聲幹，s是詞綴。

接觸，他就會把它們的音值擬成舌根音，例如：

集*ɦ-drub＜**ɦ-grub，秦入切，「聚也，會也」。《說文》：「集，群鳥在木上也，从雥，从木。」《詩經・葛覃》：「黃鳥于飛，集于灌木。」《詩經・四牡》：「載飛載止，集于苞杞。」《國語・晉語》：「人皆集于苑，己獨集于枯。」戢*trub＜**krub，阻立切，「止也，斂也」。《說文》：「戢，藏兵也。」戢，《爾雅》：「聚也。」《詩經・鴛鴦》：「鴛鴦在梁，戢其左翼。」鄭箋：「戢，斂也。」《詩經・時邁》：「載戢干戈，載櫜弓矢。」傳：「戢，聚。」

其中，「戢」從「咠」得聲，而從「咠」得聲的還有影母字「揖」，因此「集、戢」的聲母就必須有相同的舌根音來源。但「集」的上古音爲何不同一標準擬作*ɦ-djub＜**ɦ-gjub？令人不解。或許是因爲「集」和「戢」有形態變化，所以金理新先生才有讓它們的聲幹完全相同的考量吧！

問題是，「戢」和「揖」也有同源關係，那麼「揖」的古音要怎麼構擬呢？由於金理新先生的大作中並沒有收「揖」的擬音，因此不得而知。換作本文所建立的詞族「輯」（聚合），這組詞族的擬音可如下所示：

輯 **s-gjip＞*dzjip = /車材/+/聚合/
緝 **s-k‘jip＞*ts‘jip = /績麻/+/聚合/
揖 **ʔ-kjip＞*ʔjip = /拱手/+/聚合/
戢 **r-kjip ＞*rtsjip = /兵器/+/聚合/
咠 **s-gjip＞*dzjip = /言辭/+/聚合/（/和諧/）

以上詞族有精系、莊母和影母，這些聲母的音值若以傳統的擬音：*ts-、*tsr-、*ʔ-來處理，勢必違背它們是同族詞的事實。因此，必須把它們的聲幹擬爲相同，才能解釋彼此的同源關係。本文認爲，這些同族詞的聲母都來自複輔音*Kj-（包含*kj-、*k‘j-、*gj-），不同的只是彼此的前綴而已。施向東（2000：45）認爲「輯」和藏文的r-tsib-s輻條同源，可供佐證。

總之，精系和喻四、影母的接觸，這類精系字其實來自舌根音的*Kj-，後來塞擦化之後才變爲*Ts-，跟舌尖音的*Tj-合流，形成晚期的塞擦音。*Kj-、*Tj-才是精系聲母的原始面貌。

第五章

駁上古流音具形態交替說

自李方桂《上古音研究》（1971）問世以後，上古漢語存在*r-和*l-兩種流音的觀點已爲廣大學者所接受。至於何者爲*r-，何者爲*l-，目前至少存在著三種意見：

1.喻四是*r-，來母是*l-；

2.來母是*r-，喻四是*l-；

3.來母三等是*r-，來母一等是*l-。

現在的問題是：上古漢語的*r-和*l-是否可以相通？是否具形態交替？爲什麼？

第一節　上古漢語*r和*l的交替

潘悟雲《漢語歷史音韻學》（2000：294）根據二等字和以母諧聲的來母異讀，認爲*r-和*l-是相通的，例如「樂」（疑母二等）與「藥」（喻四）諧聲，「樂」還有來母的異讀*rak。他稱這種現象爲「*r和*l的交替」。金理新《上古漢語音系》（2002：60）也認爲*r和*l是相通的[1]，「上古漢語的來母一等和來母三等也存在著交替關係」。金理新先生認爲這種密切關係可能像「幫：並」、「端：定」、「知：澄」那樣，是一種形態交替。

一、上古漢語有兩個流音聲母

自從高本漢（1926）將中古來母的音值描寫爲l-之後，凡是論及聲韻的學者，如陸志韋（1947）、王力（1957）、董同龢（1968）、陳新雄（1972）、竺家寧（1991）等，莫不贊同這一主張。原因很簡單，因爲韻圖把來母放在「半舌」的位置，根據漢語方言、域外對音等語料可以證明，來母的性質就是邊音[1]。而且跟現代漢語的情況一樣，中古漢語只有一套流音，沒有顫音或閃音。

1　金理新先生的*r-和*l-分別是來母三等和來母一等的上古擬音。

那麼，上古漢語的情形又如何呢？

高本漢從中古的角度出發往上推，把上古來母也擬作*l-，跟中古沒有兩樣。稍後的學者亦如是。以王力爲例，他在《漢語音韻》（1963）的書末附有一個上古聲母表，其中半舌的來母就描寫作邊音l-。這個局面一直到李方桂的《上古音研究》（1971）面世才被打破。李方桂（1971：13-14）認爲：

> 古代台語Tai Language用*r-來代替酉jiǒu字的聲母，漢代用烏弋山離去譯Alexandria，就是說用弋jiək去譯第二音節lek，因此可以推測喻母四等很r或者l。又因為它常跟舌尖塞音諧聲，所以也可以說很近d-。我們可以想像這個音應當很近似英文（美文也許更對點兒）ladder或者latter中間的尖閃音（flapped *d*，拼寫為-dd-或-tt-的），可以暫時以r來代表它，如弋*rək，余*rag等。到了中古時代*r-就變成ji-了，參考古緬甸語的r-變成近代的j-的例子。

李方桂把喻四擬爲*r-，等於正式宣布：上古漢語共有兩個流音聲母，一個是已熟知的邊音*l-，另一個則是較陌生的閃音*r-。這兩個聲母都是獨立的音位，彼此不能隨意相通或任意取代對方，否則會造成語意上的混淆。以下數據整理自陸志韋《古音說略》（1947：229），可以證明兩者的不通：

表一：喻四和來母在《說文》諧聲通轉的次數

來母1169 / 喻四1010	力（來三）	盧（來一）
以（喻四）	11	0

喻母四等自身通轉的次數是一千零一十次，來母（力+盧）自身的通轉次數則是一千一百六十九次，兩者都高於一千次以上，結果彼此的通轉次數只有區區的十一次。可見，喻四和來母是兩個關係非常疏遠的聲母。

早在1962至1963年蒲立本撰寫*The Consonantal System of Old Chinese*（《上古漢語的輔音系統》）時，就已從對音的材料中發現來母對應的總是r-而不是l-，例如Alexandria，《漢書》譯作「烏弋山離」，來母對譯的是r-，對譯l-的其實是喻四。可惜，受限於當時的條件，蒲立本把喻四構擬為齒間濁擦音*ð-，十年後才贊成把兩者的音值對換，而且立場再也沒有改變。蒲立本於1999年的漢譯本《上古漢語的輔音系統》一書附錄後的〈寫在《上古漢語的輔音系統》之後〉（1999：203）中重申：

> 西漢時期用中古的來母l-對譯外語中的r-，用中古的以母ð-對譯外語中的l-。由此可以得出結論，甚至在西漢還保存有上古漢語的*r-，後來發展為中古的l-，以前擬作ð-和θ-的聲母應該改作*l-以及與之對應的清音。

蒲立本最終把喻四的上古音值改為*l-，而來母則改為*r-。

1974年，Schuessler（薛斯勒）發表了“R and L in Archaic Chinese”一文，率先跟進，終於形成一股新勢力，從此上古來母的音值是*r-，也就逐漸為學界所接受。例如鄭張尚芳先生的〈上古音構擬小議〉（1984）從諧聲和讀若、異讀和通假、二等缺來母、漢藏同源詞等多方面的觀察，證明來母是*r-而喻四是*l-。龔煌城先生的〈從漢藏語的比較看上古漢語若干聲母的擬測〉（1989）列舉了十一條漢語－藏緬語同源詞進行比較，證明來母的上古音值當作*r-而不是*l-。

把來、喻的上古音值對換成*r-、*l-之後，有幾個很明顯的好處：

一、學者在進行漢藏同源詞比較時所遇到的阻塞頓時暢通無礙。例如全廣鎮先生《漢藏語同源詞綜探》（1996）一書所收的漢藏同源詞，上古來、喻跟藏語對應的情形就讓人感到疑惑。（以下數據整理自全廣鎮《漢藏語同源詞綜探．漢藏語同源詞的音韻對應：聲母》，頁192-197）

表二：上古來、喻與藏語r-、l-對應

藏語 / 上古漢語	單聲母r-	複聲母Cr-	單聲母l-	複聲母Cl-
來母（*l-）	12	14	0	0
喻四（*r-）	0	0	14	11

上古來母只對應藏語的r-（單聲母十二例，複聲母十四例），未見對應藏語的l-；而上古喻四只對應藏語的l-（單聲母十四例，複聲母十一例），亦未見對應藏語的l-。這就表示，把來、喻的上古音值從李方桂的*l-、*r-對換為*r-、*l-是正確的做法。

二、更能解釋諧聲字聲母與聲子之間的語音關係。例如上古語料顯示，來母總是跟二等字諧聲，而二等幾乎沒有來母。李方桂（1971：24）主張把二等字改擬為帶r的複聲母。他說：

> 來母字常跟舌根音及唇音互相諧聲的例子。大體上我們仍然採用高本漢的說法，不過稍有更訂的地方。比方說二等字裡高寫作*kl-、*khl-等的，一律改為*kr-、*khr-等。……高對於來母字跟唇音諧聲的，他的辦法就不同了，大多仍擬作l-，如里、柳等，少數擬作bl-，如繺、律等。……我們也暫時照他的辦法存疑，只有二等字改用r，如埋寫作*mrəg，蠻寫作*mran，麥寫作*mrək（與來諧聲），剝寫作*pruk等。

舌根音與來母的諧聲，李方桂用*kr-：*gl-去解釋，尚且說得過去；但唇音與來母的諧聲，他就不得不退一步，處理為*mr-：*l-了。稍加檢討可以發現，*kr-：*gl-是可能的，因為共同聲母為舌根塞音*K-，只不過一清一濁。但*mr-：*l-的相諧就讓人起疑竇了，為何兩者可以諧聲？當中的理據是什麼？這時只能把兩者的諧聲關係歸因於流音，由於*l-和*r-都是流音，所以彼此能夠互諧。

可是，正如前文所述，*l-和*r-如果是兩個對立的音位，那麼它們之間就不應該有這種「都是流音而可以相諧」的模糊性。照理說，雖然兩者都屬流音，卻是壁壘分明，不能隨意互諧的。更何況*r-的前面還帶有一個唇鼻音成分，形成複聲母*mr-，跟*l-聲母的距離又更遙遠了。

二、上古流音聲母可以交替說

假如來、喻的上古音值正如蒲立本等學者所說的，應該對換成*r-、*l-，那麼就可以解釋來母和二等字的諧聲了。例如高本漢、李方桂都有論及的例子：

1.各*k-：洛*gr-
2.里*r-：埋*mr-

第一例是舌根聲母的諧聲（r-可能是一個中綴），第二例則是舌尖閃音的諧聲（m-可能是一個前綴）。這一來許多不太合理的諧聲關係都得以解決了。

從這一方向出發，潘悟雲先生注意到了更深一層的問題：他發現二等字除了與來母關係比較密切之外，還有一些例字是二等字與喻四諧聲的。他在《漢語歷史音韻學》（2000：294）一書中將這些二等字分為以下三種：（本文稍作整理如下）

第一種，*l與*Crl或*rl的諧聲：（以母是*l，二等字是*Crl或*rl）

以母	二等
余*lă＞M.jiɔ	茶*grla＞ M.ɖɯa
睪*lăk＞M.jiɛk	澤*grlak或*rlak＞M.ɖak

第二種，零介音與r介音的交替：（以母是零介音，二等字則帶r介音）

以母	二等
營*ɢ^{w}ĕŋ＞j^{w}i	嶸*ɢ^{w}reŋ
鷸*ɢ^{w}ĭt＞M.j^{w}it	劀*k^{w}rit＞M.kɯæt

第三種，「樂」（注：疑母二等）與「藥」諧聲，「樂」還有來母的異讀*rak。潘悟雲（2000：294）先生由此推導出「上古漢語*r和*l的交替」：

昱，余六切，以母；聲符「立」力入切，來母。
律，呂卹切，來母；聲符「聿」餘律切，以母。
藥，以灼切，以母；聲符「樂」盧各切，來母。

根據第三種語料顯示，來母和喻四是可以互諧的，因此潘悟雲先生下結論說：既然來母*r-和以母*l-有交替現象，那麼*Cr-與*Cl-的交替當然也就不足爲奇了。

對於來、喻的上古聲母應該對換的做法，金理新先生並不贊同，他在〈上古漢語的*l-和*r-輔音聲母〉（1999：53）一文中指出，上古來母對應於藏語的r-沒有錯，但它不僅對應於藏語的r-，同時也對應於藏語的l-。對應藏語r-的多是三等字，而對應藏語l-的多是一等字。例如來母三等對應藏語r-的例子：

閭，《山海經・北山經》注：「即羭也。」藏語ra「山羊」

閭，《荀子・性惡》：「黑色也。」藏語ra-ri「黑斑、黑子」

絽，《廣雅》：「綎也。」藏語ras「布、綿織品」

略，《淮南子・兵略》注：「獲得也。」藏語rag-pa「獲得、得到」

略，《廣雅》：「要也。」藏語rags-po「粗大、草率、簡略」

良，《史記・商君列傳》：「孝公既見衛鞅，語事良久。」藏語rang「十分、很」

……（下略）

來母一等對應藏語l-的例子：

巒，《說文》：「山小而銳者。」藏語la-ma「山」

朗，《爾雅》：「明也。」藏語lang-ba「天明、天亮」

浪，《廣雅》：「浪浪，流也。」藏語lang-nge-long-nge」「沸騰翻滾狀」

懶，《說文》：「懈也。」藏語lad-po「懶漢、二流子」

潦，《詩經・泂》：「酌彼行潦。」藏語lu-ma「沼澤、泉水」

巃，《說文》：「大長谷也。」藏語lung-pa「山溝、山谷、川谷」

……（下略）

根據漢藏同源比較的觀察，金理新（2002：55）先生得出以下結果：

> 除了藏語的rams和上古漢語的藍（來母一等字）對應等極其有限的幾個語詞外，跟藏語閃音r-同源對應的全是上古漢語的來母三等字。……上古漢語的來母固然可以和藏語的邊音對應，但是和藏語邊音對應的來母主要是一等而不是三等。來母一等和來母三等漢藏同源應該分辨得相當清楚。

金理新（2002：56）先生甚至引用陸志韋的統計（來母跟見組聲母的諧聲次數），證明來一和來三在漢語的內部材料「諧聲系列」中亦有分組的趨勢：

	見二	見三	溪二	溪三	匣二	群三	曉二	曉三
來母一等	41	1	1	-	8	1	3	2
來母三等	15	16	2	2	3	6	2	7

其中，來母一等和見組三等的相諧只有一次，而來母三等和見組三等的相諧卻有十六次之多（至於當中有不清晰的地方，金理新先生認爲是由「兼」、「翏」等個別聲符造成的）。

既然如此，金理新先生主張來母一等爲*l-，三等爲*r-；至於喻四，仍然擬作舌尖濁塞音*d-，只不過帶上詞綴*ɦ-，成爲複輔音的*ɦd-，有別於定母的單輔音*d-（由於本文的重點在於觀察上古漢語*r-和*l-之間的交替關係，因此對於喻四的擬音不再贅述）。

第二節 《說文》聲訓之蒐集與分析

金理新先生的說法相當新穎，惟能否成立，有待檢驗。以下先針對《說文》的聲訓進行觀察與分析，看看是否如其所言，來母一等和來母三等在上古還可以劃分爲兩類。

一、《說文》所收之聲訓語料

聲訓是一種用音近字作爲尋求語源的訓詁方法。正如王力《同源字典》（1982：10）所云：「聲訓，是以同音或音近的字作爲訓詁，這是古人尋求語源的一種方法。」它的性質是「方法」，範疇是「訓詁」，手段是「音近」，目的是「尋求語源」。龍宇純先生在〈論聲訓〉（1971：94）一文中，歸納出三個判斷的條件，可提供吾輩作爲衡量是否屬於聲訓的標準：

1.二者語音原則上應為相同
2.二者之發生必須一先一後而不可顛倒
3.二者語義上須具有必然之關係，而又不得為相等。

凡是符合這三個條件的語料，即可認爲是在聲訓的範圍中，否則即使兩者有雙聲或疊韻上的關係，也不得認爲是聲訓。因此，本文所謂「聲訓」，即指具有語源關係的音訓，是事物命名之所由，而排除只有雙聲或疊韻的訓釋詞。

概念釐清後，接下來就是進行語料的蒐集與觀察。語料方面，本文以清同治十二年陳昌治刻本之《說文解字》（中華書局1963年版）爲對象，整理出《說文》來母一三等之聲訓語料共四十四組（詳見文末附錄）。下面將它們分組列出，按照語音之遠近分爲

「古疊韻」、「古合韻」（《詩經》有合韻者）[2]、「古通轉」（韻部稍遠者）三類，並附上陳新雄先生的古韻三十二部名稱如下：

表三：《說文》來母一三等聲訓表

序號	古疊韻	古合韻	古通轉
1	𤔔（元）：亂（元）	孿（元）：兩（陽）	𤔔（元）：理（之）
2	鑾（元）：鸞（元）	儽（微）：嬾（元）	欒（元）：漏（侯）
3	櫑（微）：雷（微）	筤（陽）：籃（談）	睩（屋）：睞（之）
4	簍（侯）：籠（東）[3]	勒（職）：絡（鐸）	纍（微）：理（之）
5	颲（月）：烈（月）	砅（月）：履（之）	隸（質）：臨（侵）
6	讄（微）：累（微）	閭（魚）：里（之）	磏（談）：厲（月）
7	纇（微）：類（微）	瑮（質）：羅（歌）	龍（東）：鱗（真）
8	閭（魚）：侶（魚）	瑮（質）：列（月）	綹（幽）：縷（侯）
9	緉（陽）：兩（陽）	纑（魚）：縷（侯）	獠（宵）：獵（怗）
10	瓏（東）：龍（東）	輅（鐸）：縷（侯）	擸（怗）：理（之）
11	罶（幽）：留（幽）		鬞（魚）：鬣（怗）
12	霤（幽）：流（幽）		鱸（侯）：鯉（之）
13	厽（微）：絫（微）		麓（屋）：吏（之）
14	緣（元）：亂（元）		麓（屋）：林（侵）
15	秜（之）：來（之）		餕（蒸）：流（幽）
16	鷚（屋）：蔞（侯）		
17	朸（職）：理（之）[4]		
18	泐（職）：理（之）		
19	阞（職）：理（之）		

2 此處以陳新雄〈從《詩經》的合韻現象看諸家擬音的得失〉（1982：52-54）一文中之「《詩經》合韻表」為分類標準，凡有一次（含）以上合韻者，即歸入「古合韻」，否則歸入「古通轉」。

3 「侯、屋、東」三部為同類對轉之韻部，故歸入「古疊韻」處理。

4 「之、職、蒸」三部為同類對轉之韻部，故亦歸入「古疊韻」處理。

從上表可見，《說文》來母一三等的聲訓以「古疊韻」（既雙聲，又疊韻）的十九例爲主，如果再加上「古合韻」的十例，則高達二十九例，佔總數的65.9%。這就表示，聲訓仍然是以音同、音近爲大原則。

必須強調的是，《說文》所收的聲訓語料雖然晚至東漢，然而無可否認地，它會保留一定程度的古音遺跡。尤其是聲訓的「推因之用」，正在於尋求語源，釋詞與被釋詞之間必然有一定關係。竺家寧先生〈《說文》音訓所反映的帶l複聲母〉（1995：92）在論及複聲母時，就曾經說過：

> 在《說文》音訓裡，有許多例子是中古來母字和別的聲母字構成音訓的。對這類例子，我們不能輕易地把它們歸入「疊韻」，而不作進一步考與處理。……先秦上古音裡的複聲母到了《說文》的時代仍有保存下來的。它們屬於一群帶l的複聲母。

釋詞和被釋詞之間，除了韻母有關係以外，聲母也有一定的關係，先秦上古音帶l的複聲母就是在這種認識之下被發掘出來的。可以這麼說，聲母關係的重要性，絕對不低於韻母。雙聲疊韻的概念，雖然晚至南北朝時期才盛行，然而不代表古人在作聲訓時，完全沒有審音的能力。因此，沒有語音關係的兩個聲母，是不太可能被用來聲訓的。只管疊韻而不管雙聲，這種認識是有局限的。

雖然在尋求語源與命名立意之義這方面，古人多主觀臆測，然而並不表示聲訓完全沒有考求古音的價值。理解這一點之後，再來看《說文》聲訓所反映的現象，就不難發現，它基本上是可靠的。

下面針對《說文》中，來母一等和來母三等的聲訓語料進行統計與分析。

二、《說文》聲訓語料之分析

陳昌治刻本《說文解字》所收來母自身之聲訓共計四十四組，其中來母一等對來母一等的有十一組，來母三等對來母三等的有十九組，而來母一等對來母三等（包括來母三等對來母一等）的有十四組。詳見下表所列：

表四：來母一等和三等聲訓關係表

序號	來一：來一	來三：來三	來一：來三	
			（來一對來三）	（來三對來一）
1	𤔔（元）：亂（元）	砅（月）：履（之）	𤔔（元）：理（之）	䜌（元）：亂（元）
2	縷（元）：漏（侯）	颲（月）：烈（月）	鬣（魚）：鬣（怗）	秜（之）：來（之）
3	鑾（元）：鸞（元）	讄（微）：累（微）	纑（魚）：縷（侯）	瑮（質）：羅（歌）
4	孿（元）：兩（陽）	纍（微）：理（之）	輅（鐸）：縷（侯）	鵱（屋）：蔞（侯）
5	櫑（微）：雷（微）	逮（質）：臨（侵）	鱸（侯）：鯉（之）	
6	儽（微）：嬾（元）	磏（談）：厲（月）	麓（屋）：吏（之）	
7	筤（陽）：籃（談）	閭（魚）：里（之）	麓（屋）：林（侵）	
8	簍（侯）：籠（東）	閭（魚）：侶（魚）	朸（職）：理（之）	
9	睩（屋）：睞（之）	緉（陽）：兩（陽）	泐（職）：理（之）	
10	勒（職）：絡（鐸）	瓏（東）：龍（東）	阞（職）：理（之）	
11	瀨（微）：類（微）	龍（東）：鱗（真）		
12		罶（幽）：留（幽）		
13		霤（幽）：流（幽）		
14		綹（幽）：縷（侯）		
15		獠（宵）：獵（怗）		
16		厽（微）：絫（微）		
17		瑮（質）：列（月）		
18		擸（怗）：理（之）		
19		餕（蒸）：流（幽）		

從上面的表格可以看到，「來一：來一」共十一次，佔總數的25%，「來三：來三」共十九次，佔總數的43.2%；而「來一：來三」（含「來三：來一」）共十四次，佔總數的31.8%，雖不是三者之冠，卻比「來一：來一」高出6.8%：

表五：來母一等和三等聲訓關係統計表

	來一：來一	來三：來三	來一：來三
次數	11	18	14
百分比%	25	43.2	31.8

「來一：來三」的接觸是一個特殊現象，如果它們不是相同的聲母，爲何接觸次數會比「來一：來一」高？況且31.8%已經接近三者的平均值33.3%，必須給予應有的重視。如果來一和來三是兩種不同音位的輔音聲母，斷不可能相混至這種程度。

　　爲求謹慎，以下不妨將韻部稍遠的聲訓例子（包括「古合韻」和「古通轉」）盡數去除，只保留「古疊韻」的例子，因爲這樣或許更加能夠反映出眞實。去除韻部稍遠的聲訓例子後，共剩以下十九組：

表六：來母一等和三等聲訓關係（從嚴認定）表

序號	來一：來一	來三：來三	來一：來三
1	𤔔（元）：亂（元）	颲（月）：烈（月）	䜌（元）：亂（元）
2	鑾（元）：鸞（元）	讄（微）：累（微）	秜（之）：來（之）
3	欙（微）：雷（微）	閭（魚）：侶（魚）	鵱（屋）：蔞（侯）
4	簍（侯）：籠（東）	緉（陽）：兩（陽）	朸（職）：理（之）
5	禷（微）：類（微）	瓏（東）：龍（東）	泐（職）：理（之）
6		罶（侯）：留（侯）	阞（職）：理（之）
7		霤（侯）：流（侯）	
8		厽（微）：絫（微）	

經過篩選，「來一：來一」只剩五組，「來一：來三」只剩八組，而「來三：來三」減至六組。三者所呈現的新百分比為：「來一：來一」佔總數的26.3%，「來三：來三」佔總數的42.1%，而「來一：來三」佔總數的31.6%：

表七：來母一等和三等聲訓關係（從嚴認定）統計表

	來一：來一	來三：來三	來一：來三
次數	5	8	6
百分比%	26.3	42.1	31.6

「來三：來三」雖然下降了1.1%，卻仍是三者之冠；「來一：來一」的百分比上漲了1.3%，不過仍是三者之末。反觀「來一：來三」並沒有太大的變動，依然佔有31.6%的優勢。從嚴的統計結果再次讓我們看到：來母一等和來母三等在上古並不是截然可分的。如果按照金理新（1999）先生的主張，把上古來母二分，屬一等的是*l-，屬三等的是*r-，恐怕與語言實際不符。如此看來，來母一等和來母三等並沒有分組的趨勢，至少從《說文》的聲訓中看不出來。

總而言之，來母一等和來母三等相混的現象，表示兩者並非兩個不同的聲母。接下來，與其思考是否有可能存在由兩個流音所組成的複聲母如*ll-、*rr-、*lr-或*rl-，倒不如承認它們本來就是同一個聲母，只不過到了中古，由於音節洪細的關係而劃分為來一l-和來三lj-兩類。雖分兩類，實際上仍是同一個聲母。

第三節　上古*r和*l交替說的檢討

潘悟雲先生認為上古漢語的*r和*l可以相通。*r和*l如果是兩個聲母音位，又怎麼可以相通？潘悟雲先生稱這種現象為「*r和*l的交替」。所謂「交替」，也就是認為它們之間可能存在著形態關係，具有某種特定的構詞功能。倘若眞如此，這是可以成立的。前提是，必須有充分的例證，證明*r-和*l-存在著形態交替。當然，這也關係到學者擬音的正確與否。

一、*r和*l交替說的困境

潘悟雲先生認爲部分二等字與以母（喻四）諧聲，而這些二等字另有來母的異讀，所以以母*l-和來母*r-之間存在著交替。他這一說法其實很可疑，例如他所舉的例子：「樂」（疑母二等）與「藥」（以母三等）諧聲，「樂」還有來母的異讀*rak，由此推導出「*r和*l的交替」，令人費解，不曉得內在的理據爲何？

以下不妨從詞族的角度對潘悟雲先生的擬音作一觀察：（先列《廣韻》音義，後附《說文》釋義作參照）

樂：音樂，五角切；上古疑母藥部*ŋrawk（《說文》：五聲八音總名）
　　喜樂，盧各切；上古來母鐸部*rak
藥：治病艸，以灼切；上古以母藥部*lăwk（《說文》：治病艸）

「藥」是治病艸，跟喜樂的「樂」似乎沒有直接關係。若說rak和lăwk有交替，那麼這種交替的關係是什麼？原型詞根和詞根義又是什麼？再說漢字的異讀非常多，以《廣韻》所收的又音又切來看，共有四千八百五十八個韻字有兩個以上的切語[5]，有些甚至高達四五個以上，可見從異讀去推導出兩個聲母的交替是不具說服力的。

總之，*r和*l之間的交替到底反映了何種形態？或者說，它們之間具有何種語法功能？潘悟雲先生並沒有交代。是找不到相關的

---

[5] 詳見《新校宋本廣韻》所附〈又音又切表〉（台北：洪葉文化事業有限公司，2004年），頁1-397。

例證？或是受時代、研究條件等的局限，未能進一步發掘？不得而知。因此，潘悟雲先生的說法只能存疑。

至於金理新先生的主張，首先碰到問題的就是：來母在上古是否能二分？上文曾說過，根據陸志韋的統計，來母是不通喻四的，而金理新先生的擬音：來母*L（來一*l-、來三*r-）、喻四*ɦd-，有效地解決了來、喻不通的問題，因爲來母是流音，喻四是塞音，流音不通塞音是正常的現象。

然而，金理新先生把來母一分爲二，認爲來母一等是*l-，三等是*r-，則讓人難以苟同。因爲只要觀察一下來母自身的諧聲行爲，就可以知道來一和來三要分家是很困難的。根據陸志韋對《說文》諧聲的統計，來母一等和來母三等的互通是非常密切的，下面的數據整理自陸志韋《古音說略》（1947：228）：

	來母一等	來母三等
來母一等	133	162
來母三等	162	175

來母一等和來母三等的諧聲次數高達一百六十二次，比來母一等自身的諧聲次數一百三十三還要高二十九次，又怎能說明來一和來三是兩個不同的聲母呢？

反倒是本文對《說文》聲訓的觀察，跟陸志韋對《說文》諧聲的統計，呈現出一致的結果，也就是「來三：來三」最高，「來一：來三」居次，「來一：來一」最低：

表八：《說文》諧聲、聲訓數據比較表

	來一：來一	來三：來三	來一：來三
諧聲次數	133（28.3%）	175（37.2%）	162（34.5%）
聲訓次數	11（25%）	18（43.2%）	14（31.8%）

金理新（1999：54）先生對這一現象提出了解釋，他說：

> 中古漢語的端母和定母、幫母和並母、見母和群母等上古也同樣存在廣泛的諧聲，中古存在大量的異讀。那麼，為什麼中古漢語的端母和定母、幫母和並母、見母和群母上古不能認為是同一輔音聲母呢？這樣看來，羅母（按：即來母一等）和離母（按：即來母三等）諧聲或者異讀也同樣不能證明兩者在上古就是同一輔音聲母。因為，正如潘悟雲先生所説，諧聲是一種形態關係。

金理新先生所舉的「端母和定母、幫母和並母、見母和群母」都是同部位的清濁塞輔音聲母，它們可以諧聲是沒有問題的。但是，他所主張的*l-（來一）和*r-（來三）卻是兩個不同的聲母：一個是邊音，一個是閃音；兩者雖然都是流音，但是並非同部位的清濁流音。這種情況就如同中古的端母t-和心母s-一樣，雖然兩者都是舌音，而且部位都在舌尖，但是在上古卻不諧聲[6]。道理很簡單，因爲端母是塞音，而心母卻是擦音，兩者的關係僅僅同部位，而非具有形態關係的一清一濁。如果說，來一是清流音，而來三是濁流音，或相反，那麼兩者密切的諧聲關係就說得過去，可是現今的問題卻非如此。

關於諧聲系列中有分組趨勢這一點，法國的學者沙加爾（2000：4）教授有相同的發現，他不但注意到了《說文》有些聲符所收的字有分組的趨勢，同時指出在來母的部分卻很混亂，他說：

> 有一類諧聲系列或只收三等字，或只收非三等字：那是唇音或軟顎音聲母跟來母一起出現的諧聲系列。這種系

[6] 根據陸志韋（1947）的統計，端母和心母在《說文》的通轉一次都沒有。

列我們叫做「分組系列segregating series」。如以各、兼為聲旁的諧聲系列只收非三等字；相反，以僉為聲旁的諧聲系列就只收非三等字。……但是，以上原則不適用於分組系列中的來母字，來母字很亂。

下表的數據整理自沙加爾（2000）教授的統計：

表九：只收三等字與非三等字的見幫諧聲系列

等第＼聲母	見幫一二四	見幫三	來一二四	來三
三等字	1	49	27	64
非三等字	95	1	69	42

以上表格讓我們清楚看到，不論是只收「三等字」的諧聲系列，或者只收「非三等字」的諧聲系列，都是「見幫一二四」自成一組，「見幫三」自成一組，但「來一二四」和「來三」在兩個系列中都顯得非常混亂，看不出有嚴格分組的跡象。如果說，來母非三等的69：42和三等的27：64就是它們的分組趨勢，那麼我們不妨以倍數作一觀察：來母非三等的比例是1.64：1，而三等的比例是1：2.37，比起見幫組非三等的95：1倍、三等的1：49倍，根本就不算什麼了。

關於來母自身分組這一部分，沙加爾教授的對諧聲系列的觀察和本文對聲訓的分析均得出相同的結果，那就是：來母自成一系，不可分割。也就是說，金理新先生所主張的「來母上古二分」，在《說文》的諧聲系列和聲訓語料中，都得不到有力的支持。

二、對*r和*l交替說的驗證

上古的*r和*l是兩個聲母音位，卻又可以互通，那麼能夠解釋的最佳理由，恐怕就是以下這一種：*r和*l之所以能夠相諧互通，是因爲它們之間具有形態交替，而這種交替往往是某種特定的語法功能的表現。潘悟雲先生既是第一位主張*r和*l之間具有形態交替的學者，那麼以下就從諧聲和詞族的角度先分析潘悟雲先生的主張。

潘悟雲先生認爲上古的「來：喻」相諧是「*r和*l的交替」，並提供了以下三個例子：

昱，余六切，以母；聲符「立」力入切，來母。
律，呂卹切，來母；聲符「聿」餘律切，以母。
藥，以灼切，以母；聲符「樂」盧各切，來母。

例一，昱，《說文．日部》：「日明也。从日，立聲。」立，《說文．立部》：「佢也。从大，在一之上。」「昱」雖從立得聲，然而它的古音卻是以母覺部，和「立」的古音來母緝部似乎有點距離；加上根據《說文》的釋義，「昱」是「日明」，而「立」是「佢」，兩者似乎只有語音上的相近關係而沒有詞義上的密切關聯。另外，從立得聲的字尚有「位」（爲母）、「泣」（溪母）等，均與喉牙音有關。與其認爲是「*r和*l的交替」，倒不如把「昱：立」歸入潘悟雲先生的第二種分類：「零介音與r介音的交替」去處理比較好，只不過「介音」二字恐怕就要去掉了。

例二，律，《說文．彳部》：「均布也。从彳，聿聲。」段玉裁注曰：「律者，所以範天下之不一而歸於一，故曰：均布也。」聿，《說文．聿部》：「所以書也。楚謂之聿，吳謂之不律，燕謂之弗。」「筆」下曰：「秦謂之筆。从聿、竹。」可見「聿」本是「筆」字。語氣詞的「聿」（喻四）是假借的結果。「律」若與「聿」有音義上的關聯，那麼這個「聿」恐怕是唇音的「聿」（筆）而不是語氣詞的「聿」（喻四）。

至於例三「樂：藥」，由於上文已討論，這裡就不再贅述。倒是根據本文的觀察，來、喻只有極少數相通的例子，如果以聲系來計算，上古來、喻相通的聲系除了以上三組之外，就只有下表的寥寥四組。而且有趣的是，這些例子都與喉牙音有關。茲將它們一一列出如下：（整理爲鄭張尚芳《上古音系・古音字表》）

表十：來、喻相通的聲系

谷聲系（頁337）	監聲系（頁368）
谷：盧谷切，來母屋部 古祿切，見母屋部 余蜀切，以母屋部	監：古銜切，見母談部 籃：魯甘切，來母談部 鹽：余廉切，以母談部
隶聲系（頁401）	**習聲系（頁496）**
隶：羊至切，以母物部 隸：郎計切，來母物部 肆：虛器切，曉母物部	熠：羊入切，以母緝部 為立切，云母緝部 騽：為立切，云母緝部 摺：盧合切，來母緝部

喻四有一部分字是從舌根音來的，李方桂擬作*grj-、龔煌城先生擬作*gl-、鄭張尚芳先生擬作*ɢ^{w}-（潘悟雲先生同）、金理新先生擬作*j-＜**gj-。既然來母通喻四的這些字同時也通舌根音，那麼潘悟雲先生大可把它們的上古音擬爲*ɢ^{w}-，這一來，缺乏證據支持的「*r和*l交替說」就沒有存在的必要了。

金理新先生受到他的老師潘悟雲先生的影響，也認爲上古漢語的*r和*l存在著交替，只不過的這種交替發生在「來一」和「來三」之間，而不是「來」、「喻」之間。金理新（2002：60）先生說：

> 就藏緬語來看，邊音l-常常可以跟閃音r-交替。上古漢語的來母一等和來母三等也存在著交替關係，比如「羅」和「離」同源，而「羅」為名詞而「離」為動詞。

金理新先生認爲上古*l和*r的交替關係是名詞和動詞之間的轉換，並舉「羅」和「離」爲例，「羅」、「離」同源，作爲名詞時讀「羅」*l-，轉爲動詞使用時讀「離」*r-。可見，「*r和*l的交替」是名、動之間的形態變化。

然而，根據文獻典籍的記載，似乎不是這麼一回事。《說文・隹部》：「離，離黃，倉庚也。鳴則蠶生。从隹，离聲。」段玉裁注：「蓋今之黃雀也。《方言》云：『鸝黃，或謂之黃鳥。』此方俗語言之偶同耳。」「今用鸝爲鸝黃，借離爲離別也。」可見「離」本是一種鳥，後因假借爲離別之「離」，才以今字「鸝」替代。所以，「離」是名詞而非動詞。

至於「羅」，《說文・网部》曰：「以絲罟鳥也。从网、从維。古者芒氏初作羅。」從「以絲罟鳥」可知，「羅」是動詞，成語「門可羅雀」可證。但從「古者芒氏初作羅」來看，「羅」卻是名詞，例如《史記・汲鄭列傳》：「始翟公爲廷尉，賓客闐門；及廢，六外可設雀羅。」可見「羅」本身就可名詞、動詞兩用，不須和「離」搭配，組成名、動的形態交替。

綜合言之，從音位的角度來看，若*r-和*l-是兩個獨立的音位，那麼它們就不可能互通；若能互通，而又屬獨立音位，則表示彼此之間是具有特定構詞功能的形態交替。然而，在潘悟雲、金理新二位先生的論述中，並未見有大量的、且具構詞功能的例證。反而根據個人的觀察和分析，來母和喻四相諧的例子非常少，而且都跟喉牙音有關。至於來母二分之說，諧聲並不支持，亦未見有力證據。因此，潘悟雲先生所提出的「*r和*l的交替」說，恐怕難以成立。

附錄：

《說文》來母一三等互爲聲訓語料

說明

一、來母一三等互爲聲訓之語料共四十四組。

二、單純的「諧聲」、「亦聲」字例，一概不收[7]。

三、「一曰」表示另收異說，亦以一次計算。

1. 𤔔（郎段切）：亂（郎段切）
《說文・𠬪部》：「𤔔，治也。幺子相亂，𠬪治之也。讀若亂同。一曰：理也。」

2. 𤔔（郎段切）：理（良止切）
《說文・𠬪部》：「𤔔，治也。幺子相亂，𠬪治之也。讀若亂同。一曰：理也。」

3. 灤（洛官切）：漏（盧后切）
《說文・水部》：「灤，漏流也。从水，䜌聲。」

4. 鑾（洛官切）：鸞（洛官切）
《說文・金部》：「鑾，人君乘車，四馬鑣，八鑾鈴，象鸞鳥聲，和則敬也。从金，从鸞省。」

5. 孿（呂患切）：兩（良獎切）
《說文・子部》：「孿，一乳兩子也。从子，䜌聲。」

6. 櫑（魯回切）：雷（魯回切）
《說文・木部》：「櫑，龜目酒尊，刻木作雲雷象，象施不窮

7 「諧聲」字例，如「协與力」，《說文・十部》：「协，材十人也。从十，力聲。」不收。「亦聲」字例，如「敿與𤔔」，《說文・攴部》：「敿，煩也。从攴，从𤔔，𤔔亦聲。」不收。

也。」

7.儽（落猥切）：嬾（洛旱切）

《說文·人部》：「儽，垂 。从人，纍聲。一曰：嬾解。」

8.筤（盧黨切）：籃（魯甘切）

《說文·竹部》：「筤，籃也。从竹，良聲。」

9.簍（洛侯切）：籠（盧紅切）

《說文·竹部》：「簍，竹籠也。从竹，婁聲。」

10.睩（盧谷切）：睞（洛帶切）

《說文·目部》：「睩，目睞謹也。从目，彔聲。讀若鹿。」

11.勒（盧則切）：絡（盧各切）

《說文·革部》：「勒，馬頭絡銜也。从革，力聲。」

12.砅（力制切）：履（良止切）

《說文·水部》：「砅，履石渡水也。从水，从石。《詩》曰：『深則砅。』濿，砅或从厲。」

13.颲（良薛切）：烈（良薛切）

《說文·風部》：「颲，烈風也。从風，列聲。」

14.讄（力軌切）：累（力軌切）

《說文·言部》：「讄，禱也。累功德以求福。《論語》云：『讄云：「禱爾於上下神祇。」』从言，纍省聲。」

15.纍（力追切）：理（良止切）

《說文·糸部》：「纍，綴得理也。一曰：大索也。从糸，畾聲。」

16.禷（力遂切）：類（力遂切）

《說文·示部》：「禷，以事類祭天神。从示，類聲。」

17.竦（力至切）：臨（力尋切）

《說文·立部》：「竦，臨也。从立，从隶。」

18.磏（力鹽切）：厲（力制切）

《說文·石部》：「磏，厲石也。一曰：赤色。从石，兼聲。讀若鎌。」

19.閭（力居切）：里（良止切）

《說文·門部》：「閭，里門也。从門，呂聲。《周禮》：『五家爲比，五比爲閭。』閭，侶也，二十五家相群侶也。」

20.閭（力居切）：侶（力舉切）

《說文·門部》：「閭，里門也。从門，呂聲。《周禮》：『五家爲比，五比爲閭。』閭，侶也，二十五家相群侶也。」

21.緉（力讓切）：兩（良獎切）

《說文·糸部》：「緉，履兩枚也。一曰：絞也。从糸，从兩，兩亦聲。」

22.瓏（力鍾切）：龍（力鍾切）

《說文·玉部》：「瓏，禱旱玉。龍文。从玉，从龍，龍亦聲。」

23.龍（力鍾切）：鱗（力珍切）

《說文·龍部》：「龍，鱗蟲之長。能幽，能明，能細，能巨，能短，能長；春分而登天，秋分而潛淵。从肉，飛之形；童省聲。」

24.罶（力九切）：留（力求切）

《說文·网部》：「罶，曲梁寡婦之笱。魚所留也。从网、留，留亦聲。」

25.霤（力九切）：流（力求切）

《說文·雨部》：「霤，屋水流也。从雨，留聲。」

26.綹（力久切）：縷（力主切）

《說文·糸部》：「綹，緯十縷爲綹。从糸，咎聲。讀若柳。」

27.獠（力昭切）：獵（良涉切）

《說文·犬部》：「獠，獵也。从犬，尞聲。」

28.厽（力軌切）：絫（力軌切）

《說文·厽部》：「厽，絫墼也。从厽，从土。」

29.䜌（呂員切）：亂（郎段切）

《說文·䜌部》：「䜌，亂也。一曰：治也。一曰：不絕也。从言、絲。」

30.秜（里之切）：來（洛哀切）

《說文・禾部》：「秜，稻今年落，來年自生，謂之秜。从禾，尼聲。」

31.瑮（力質切）：羅（魯何切）

《說文・玉部》：「瑮，玉英華羅列秩秩。从玉，栗聲。」

32.瑮（力質切）：列（良薛切）

《說文・玉部》：「瑮，玉英華羅列秩秩。从玉，栗聲。」

33.擸（良涉切）：理（良止切）

《說文・手部》：「擸，理持也。从手，巤聲。」

34.鬛（洛乎切）：鬣（良涉切）

《說文・髟部》：「鬛，鬣也。从髟，盧聲。」

35.纑（洛乎切）：縷（力主切）

《說文・糸部》：「纑，布縷也。从糸，盧聲。」

36.鞈（盧各切）：縷（力主切）

《說文・革部》：「鞈，生革可以爲縷束也。从革，各聲。」

37.鱸（洛侯切）：鯉（良止切）

《說文・魚部》：「鱸，魚名。一名鯉；一名鰜。从魚，婁聲。」

38.麓（盧谷切）：吏（力置切）

《說文・林部》：「麓，守山林吏也。从林，鹿聲。」

39.麓（盧谷切）：林（力尋切）

《說文・林部》：「麓，守山林吏也。从林，鹿聲。」

40.鷜（力竹切）：蔞（落侯切）

《說文・鳥部》：「鷜，蔞鵝也。从鳥，坴聲。」

41.朸（盧則切）：理（良止切）

《說文・木部》：「朸，木之理也。从木，力聲。平原有朸縣。」

42.泐（盧則切）：理（良止切）

《說文．水部》：「泐，水石之理也。从水，从阞。《周禮》曰：『石有時而泐。』」

43.阞（盧則切）：理（良止切）

《說文．阜部》：「阞，地理也。从阜，力聲。」

44.餧（里甑切）：流（力求切）

《說文．食部》：「餧，馬食穀多，气流四下也。从食，夌聲。」

第六章
結　論

傳統的古音研究，著重在聲類的關係，韻部的遠近，許多文獻語言現象，只以聲母的正紐雙聲、旁紐雙聲，韻部的旁轉、對轉等，加以解說。其實並沒有錯，因爲這是受到漢字的影響，以及時代的限制，形態的部分尚未展開，前賢只能從音義的角度，以同位雙聲、位同雙聲、一聲之轉、語之轉等含糊籠統的術語去表達。

如今時機已經成熟，形態的研究也已有初步結果，音義關聯的研究已經可以提升至形態層面，與形態關聯的研究作結合，兩者同時並存、同時邁進，不但沒有矛盾，而且更能發掘隱於方塊字背後的語言事實。本論文就初步實現了這一嘗試。以下分項敘述本論文的研究成果：

第一節　狀態穩定的喉音聲母

上古漢語音系中，有沒有零聲母存在？這個問題現在可以回答了：上古音並沒有零聲母的存在。雖然沒有零聲母，但有一個狀態穩定的喉塞音*ʔ-，也就是中古的影母。這個喉塞音帶有輕微的阻塞成分，由於並沒有造成音位上的對立，因此喉塞成分只能算是伴隨性特徵，說它是零聲母亦無不可。正因如此，上古零聲母的任務，也就是自然語言中的語氣詞、狀聲詞等，就由喉塞音*ʔ-充當。

中古影母的音值，各家相同，都認爲是喉塞音[ʔ]，尤其影母對應於苗瑤語的[ʔ]，明顯有喉塞成分。王力把上古的影母構擬成零聲母，雖然亦無不可，但是零聲母屬於濁音，如何演變至中古的清塞音？這不好說解。如果一開始就把上古的零聲母擬作*ʔ-，那麼接下來的演變就自然得多了。也就是說，影母從上古至中古都是喉塞音[ʔ]，中間並沒有發生語音變化。

至於潘悟雲先生提出來的小舌塞音，根據個人的觀察，《說文》的影母字似乎大部分都自成一類，除了「毐、音、㫃、襾、一、乙、蒦、益」八個作爲聲符的字既通影母，又通其他聲母之外，其他影母聲符字都只與本母字通轉。這一類字也許仍然把它視爲喉塞音字或零聲母字會比較恰當。

若說影母在上古是個小舌塞音*q-，那麼它如何可以跟見系*k-諧聲？雖然兩者都是塞音，而且發音部位接近，但是就母語使用者的語感而言，兩個有音位對立的聲母，再怎麼接近還是聽得出來。何況從諧聲語料去看，潘悟雲先生所主張的一套小舌音聲母，它們都不是影系聲母的原始面貌，頂多只能算是過渡形式而已。

第二節　部分喉音與牙音同源

曾有人將語音系統形容爲九格的拼字遊戲，格子裡面總是少了一塊，因爲要是被塡滿了，就無法移動，遊戲也就無法進行。語音系統也一樣，總是有所欠缺，我們不需要擔心某一組聲母因爲少了某個音而連帶影響到自己對其他聲母的構擬。上古漢語可否只有濁的舌根擦音ɣ-（或喉擦音ɦ-）而沒有濁的舌尖擦音z-？答案是肯定的，因爲藏緬語族彝語支的白語（劍川方言）就只有舌根濁擦音ɣ-，而沒有舌尖濁擦音z-。

相反，藏緬語族藏語支的錯那門巴語只有舌尖濁擦z-，而沒有濁的喉擦音ɦ-（也沒有濁的舌根擦音ɣ-）。這樣看來，語音系統有空缺，這是正常的。

潘悟雲先生認爲中古的影、曉、匣二、爲四母在上古都是小舌塞音，個人有不同的意見，因爲從古籍文獻所記載的狀聲詞、語氣詞可以發現，有些影、曉、匣二、爲母字很明顯是喉音，而不應該是小舌塞音。

不過，如果把影、曉、匣二、爲母字都擬作喉音，確實如潘悟雲先生所注意到的，有許多影、曉、匣二、爲母字跟見、溪、群母字的諧聲或通假等關係就無法作合理的解釋。前面說過，影系和見系的互諧，其實是因爲部分影系來自於帶前綴的舌根音，而不是小舌音的關係。

倒是本文對親屬語言作了初步的觀察，發現有不少親屬語言確實同時存在小舌塞音和喉音兩組聲母，因此推論，上古漢語影、曉、匣（爲）恐怕還能分出一套喉音*ʔ-、*h-、*ɦ-。

至於跟見、溪、群母密切接觸的影、曉、匣（爲），它們跟見系聲母恐怕有相同來源。影系的喉音形式是後起的，最早的形態是跟見系有交替的、帶詞綴的*ʔ-K-，中古才弱化爲喉音。

第三節　喻四有*ʔ-d-、*l-兩個來源

喻四有一部分字跟定母密切接觸，外國學者如蒲立本、包擬古、沙加爾等人認爲這部分定母字跟喻四一樣，都是邊音*l-，只不過跟喻四分別來自不同的音節。龔煌城先生則認爲是詞綴導致兩者出現分化：定母來自帶前綴的*N-l-，而喻四則來自單純的*l-。大陸學者金理新先生的看法剛好相反，他認爲帶前綴的是喻四而不是定母，喻四來自帶前綴的*ɦ-d-，而定母只是單純的*d-。

根據本文對漢藏詞族的比較研究，蒲立本、包擬古等外國學者的觀察基本上是正確的，也就是喻四和定母有共同的來源；然而對於他們的看法：喻四和定母的共同來源是*l-，個人認爲並不正確。事實剛好相反，喻四和定母的共同來源是*d-，只不過定母來自單純的*d-，而喻四來自帶前綴的*ʔ-d-。

喻四帶*ʔ-d-的證據可以從漢語詞族中看得出來，尤其是由親屬稱謂詞所組成的詞族，例如：「公*koŋ：翁*ʔ-koŋ」、「父*ʔ-baʔ：爸ᶜbɑ」、「姨*ʔ-dir：娣*dirʔ」，其中的*ʔ-前綴都有表示親暱的意思，而「姨」正是帶有*ʔ-前綴的喻四字。

至於不與定母接觸的喻四，它自身通轉的次數高達二百四十七次，遠遠超過跟定母通轉的九十四次。這部分喻四基本上並不跟定母*d-或來母*r-接觸，它才是眞正的邊音*l-。與定母相通的喻四*ʔ-d-弱化後與這部分喻四*l-合流，最後演變爲中古的j-。

第四節　精系的原始形態*Tj-

精系一直是很穩定的聲母，它們自身相諧，幾乎不與其他聲母相通，以至於學者向來把它們的音值擬作*ts-、*ts‘-、*dz-、*s-。然而，隨著研究的深入、不同語言的觀察，有了驚人的發現：不管是侗台語、藏緬語，還是上古漢語，這些語言中的塞擦音，恐怕都是後起的。

有鑑於此，本文嘗試從漢語詞族的角度切入，觀察精系的詞族音義，進而探討它的原始形態。首先，必須建立起一組組的精系詞族，只有這樣，才能更清楚地看出問題。其次，利用目前已有的成果，分析精系同族詞之間的音義關聯，既然它們是同源的，那就不能只是音近諧聲，而必須詞根相同。結果發現，精系的音值恐怕沒有傳統所構擬的那麼簡單。

金理新先生認爲精系的上古音值是*Tj-，其說大致可信，惟小地方可以再斟酌，因此本文主要參考使用金理新先生的新說。精系自身接觸的詞族，音值可以擬作*tj-（精系一等）、*ʔ-tj-（精系三等）；精系與喉牙音接觸的詞族，音值則可以擬作*kj-（精系一等）、*ʔ-kj-（精系三等）。而與精系、影系、見系接觸的喻四，則可擬作*gj-。

或許有人會說：用傳統的擬音即可解釋，又何必弄得這麼複雜？其實重點還在於：傳統的擬音並不是原始形式！如果只是爲了說明音類的相通，用李方桂所說的：「上古的舌尖塞擦音或擦音互諧，不跟舌尖塞音相諧」，倒也可以。只不過學術研究貴在求眞、求善，努力發掘語料背後的眞理；因此，發掘精系的原始面貌及其音韻形態，正是本文最終的目的。

第五節　流音之間並無形態相關

潘悟雲和金理新二位先生都認爲上古漢語的兩個流音：*r-和*l-之間具有形態交替，所不同的是：潘悟雲先生認爲發生在「來：喻」，而金理新先生認爲發生在「來一：來三」。然而，根據本文的觀察，兩位先生的說法都讓人難以苟同。

首先是潘悟雲先生的主張：上古來、喻互通的例子即是*r與*l的交替。可是來、喻互通的例子少之又少，根據鄭張尚芳先生〈古音字表〉所收的聲系字，只有六組：「聿：律」、「樂：藥」、「谷：穀」、「籃：鹽」、「隶：隸」、「熠：摺」。其中除了「聿：律」有問題之外，其他五組都與喉牙音有關。可見這並不是潘悟雲先生所說的「*r-和*l-的交替」。

其次是金理先生的主張：上古來一和來三大量諧聲，正是*r-和*l-交替的反映。可惜的是，金理新先生只有用來母諧聲的分組趨勢說明來一和來三是兩個流音聲母，而沒有舉出「來一和來三」交替的例證去支持自己的主張。而他所舉的「羅」、「離」的例子，經本文討論，恐怕亦非「*r-和*l-的交替」。

金理新先生認爲來母在上古一分爲二：來一是*l-，來三是*r-，這種構想本是不錯的，尤其是透過漢藏語、侗台語的比較，更加具有說服力。然而，就漢語本身的內部證據，也就是《說文》中的聲訓，甚至諧聲系列的反映，都無法得出令人滿意的結果。

本文針對《說文》的聲訓進行了全面的統計，觀察來母一等字和三等字在上古是否有分組的趨勢，同時針對諧聲系列作進一步的驗證，以檢核新說的立論依據是否可信。研究結果顯示，無論從寬或從嚴，來一和來三相混的百分比都不低，而所謂「諧聲系列有分組趨勢」的證據亦稍嫌薄弱。因此，來母是否可以根據中古等第的不同、親屬語言的比較，在上古劃分爲兩個不同的聲母，恐怕必須再深入研究，而不宜輕率地作出結論。

總之，上古來母只有一類，它只能是一個聲母，或者擬作*l-，或者擬作*r-，而不能兩者皆是。來一和來三在上古只有「諧聲」而沒有「交替」；有諧聲是因爲來母不能二分，沒有交替是因爲來一和來三本來就是同一個聲母。

參考文獻

一、專 書

[漢]許慎，《說文解字》，清同治十二年陳昌治刻本，北京：中華書局，1963年。

[唐]陸德明，《經典釋文》（上、下），台北：學海出版社，1988年。

[宋]陳彭年、丘雍，《新校宋本廣韻》，張氏重刊澤存堂藏版，台北：洪葉文化事業有限公司，2004年。

[清]段玉裁，《說文解字注》，經韻樓藏版，台北：洪葉文化事業有限公司，1999年。

丁邦新、孫宏開主編，2000，《漢藏語同源詞研究㈠——漢藏語研究的歷史回顧》，南寧：廣西民族出版社。

丁邦新、孫宏開主編，2001，《漢藏語同源詞研究㈡——漢藏、苗瑤同源詞專題研究》，南寧：廣西民族出版社。

丁邦新、孫宏開主編，2004，《漢藏語同源詞研究㈢——漢藏語研究的方法論探索》，南寧：廣西民族出版社。

王　力，1957，《漢語史稿》，山東：山東教育出版社，2001年。

王　力，1963，《漢語音韻》，北京：中華書局，2000年。

王　力，1985，《漢語語音史》，北京：中國社會科學出版社，1998年。

王　寧，1996，《訓詁學原理》，北京：中國國際廣播出版社。

包擬古（Bodman, N. C.），1995，《原始漢語與漢藏語》，馮蒸譯，北京：中華書局。

全廣鎮，1996，《漢藏語同源詞綜探》，台北：台灣學生書局。

江　荻，2002a，《漢藏語言演化的歷史音變模型——歷史語言學的理論和方法探索》，北京：民族出版社。

江　荻，2002b，《藏語語音史研究》，北京：民族出版社。

吳安其，2002，《漢藏語同源研究》，北京：中央民族大學出版社。

李　玉，1994，《秦漢簡牘帛書音韻研究》，北京：當代中國出版社。

李　榮，1973，《切韻音系》，台北：鼎文書局。

周法高，1962，《中國古代語法：構詞編》，台北：中研院史語所專刊之三十九，1994年。

周法高，1974，《漢字古今音彙》，香港：中文大學出版社。

季旭昇，2002，《説文新證》（上冊），台北：藝文印書館。

季旭昇，2004，《説文新證》（下冊），台北：藝文印書館。

林燾、王理嘉，1995，《語音學教程》，台北：五南圖書出版有限公司。

竺家寧，1991，《聲韻學》，台北：五南圖書出版公司，1997年。

金理新，2002，《上古漢語音系》，合肥：黃山書社。

金理新，2006，《上古漢語形態研究》，合肥：黃山書社。

侯精一，2002，《現代漢語方言概論》，上海：上海教育出版社。

施向東，2000，《漢語和藏語同源體系的比較研究》，北京：華語教學出版社。

胡　坦，2002，《藏語研究文選》，北京：中國藏學出版社。

殷寄明，2007，《漢語同源字詞叢考》，上海：東方出版中心。

班　弨，2006，《論漢語中的台語底層》北京：民族出版社。

馬學良主編，1991，《漢藏語概論》，北京：民族出版社，2003年。

馬學良等，1994，《藏緬語新論》，北京：中央民族學院出版社。

高本漢（Karlgren, B.），1926，《中國音韻學研究》，趙元任、羅常培、李方桂譯；北京：商務印書館，1995年北京1版1刷。

高本漢（Karlgren, B.），1954，《中國聲韻學大綱》，張洪年譯，台北：國立編譯館，1990年。
張　博，2003，《漢語同族詞的系統性與驗證方法》，北京：商務印書館。
張希峰，1999，《漢語詞族叢考》，成都：巴蜀書社。
張希峰，2000，《漢語詞族續考》，成都：巴蜀書社。
張希峰，2004，《漢語詞族三考》，北京：北京語言大學出版社。
張濟川，2009，《藏語詞族研究》，北京：社會科學文獻出版社。
陳新雄，1972，《古音學發微》，台北：文史哲出版社，1996年。
陳新雄，1978，《音略證補》，台北：文史哲出版社，1994年。
陳新雄，1999，《古音研究》，台北：五南圖書出版公司。
陸志韋，1947，《古音說略》，原載《燕京學報》專號之二十；收入《陸志韋語言學著集㈠》，北京：中華書局，1985年。
董同龢，1944，《上古音韻表稿》，台北：中研院史語所，1997年。
董同龢，1968，《漢語音韻學》，台北：文史哲出版社，1996年。
裘錫圭，1993，《文字學概要》，台北：萬卷樓圖書有限公司。
潘悟雲，2000，《漢語歷史音韻學》，上海：上海教育出版社。
鄭張尚芳，2003，《上古音系》，上海：上海教育出版社。
霍凱特（Hockett, C. F.），1958，《現代語言學教程》，北京：北京大學出版社，2002年。
薛德才，2001，《漢語藏語同源字研究》，上海：上海大學出版社。
薛德才，2007，《漢藏語言研究》，上海：復旦大學出版社。
瞿靄堂，2000，《漢藏語言研究的理論和方法》，北京：中國藏學出版社。
龔煌城，2002，《漢藏語研究論文集》，台北：中央研究院語言學研究所。

龔煌城，2011，《龔煌城漢藏語比較研究論文集》，台北：中央研究院語言學研究所。

二、期刊論文

丁邦新，1983，〈從閩語論上古音中的*g-〉，《漢學研究》1卷1期，頁1-6。

丁邦新，1994，〈漢語上古音的元音問題〉，《中國境內語言暨語言學》2冊，台北：中研院史語所，頁21-36。

丁邦新，2003，〈漢語音韻史上有待解決的問題〉，《古今通塞：漢語的歷史與發展》，台北：中研院語言所（籌備處），頁1-21。

王　力，1937，〈上古韻母系統研究〉，《清華學報》12卷3期；收入《王力語言學論文集》，北京：商務印書館，2000年，頁59-129。

王　力，1964，〈先秦古韻擬測問題〉，《北京大學學報》5期；收入《王力語言學論文集》，北京：商務印書館，2000年，頁204-242。

王　力，1965，〈古漢語自動詞和使動詞的配對〉，《中華文史論叢》6輯；收入《王力語言學論文集》，北京：商務印書館，2000年，頁469-486。

白一平（Baxter, W. H.），1983，〈上古漢語*sr-的發展〉，《語言研究》1期，頁22-26。

白一平（Baxter, W. H.），1991，〈關於上古音的四個假設〉，第2屆中國境內語言暨語言學國際研討會論文，中研院史語所，頁1-18。

丘彥遂，2002，《喻四的上古來源、聲值及其演變》，國立中山大學中文所碩士論文。

丘彥遂，2008，《論上古漢語的詞綴形態及其語法功能》，國立台灣師範大學國文所博士論文。

丘彥遂，2010，〈從漢語詞族看上古聲母的擬音問題〉，《國文學報》48期，頁219-254。

丘彥遂，2014，〈從《說文》聲訓看來母一三等的上古分野〉，《聲韻論叢》18輯，台北：台灣學生書局，頁145-162。

包擬古（Bodman, N. C.），1954，〈釋名複聲母研究〉，原為《釋名研究》第3章，哈佛大學出版；竺家寧譯，收入《古漢語複聲母論文集》，北京：北京語言文化大學出版社，1998年，頁90-114。

何大安，1992，〈上古音中的*hlj- 及其相關問題〉，《漢學研究》10.1，頁343-348。

何大安，2007，〈從上古到中古音韻演變的大要〉，《中國語言學集刊》，北京：中華書局，頁35-43。

何九盈，2002，〈上古元音構擬問題〉，《紀念王力先生百年誕辰學術論文集》；收入《語言叢稿》，北京：商務印書館，2006年，頁112-133。

何九盈，2004，〈漢語和親屬語言比較研究的基本原則〉，《語言學論叢》29輯；收入《語言叢稿》，北京：商務印書館，2006年，頁1-67。

吳安其，1996，〈漢藏語使動和完成體前綴的殘存與同源的動詞詞根〉，《民族語文》第6期，頁21-32。

李　榮，1982，〈從現代方言論古群母有一、二、四等〉，《音韻存稿》，北京：商務印書館；收入《北京大學百年國學文粹》，北京：北京大學出版社，1998年，頁209-215。

李方桂，1971，〈上古音研究〉，《清華學報》新9卷1、2期合刊；

收入《上古音研究》，北京：商務印書館，1998年。

李方桂，1979，〈藏漢系語言研究法〉，瘂弦編《中國語言學論集》，台北：幼獅文化事業公司，頁133-147。

李方桂，1983，〈上古音研究中聲韻結合的方法〉，《語言研究》2期，頁1-6。

李方桂，1984，〈論開合口〉，《中研院史語所集刊》55:1，頁1-7。

李新魁，1963，〈上古音「曉匣」歸「見溪群」說〉，《學術研究》2期；收入《李新魁語言學論集》，北京：中華書局，1994年，頁1-19。

沙加爾（Sagart, L.），2000，〈諧聲系列和三等問題〉，《中國音韻學研究會第11屆學術詩論會漢語音韻學第6屆國際學術研討會論文集》，香港：香港文化教育出版社，頁4-6。

周季文，1998，〈論藏語動詞的形態變化〉，《藏學研究》9集，北京：民族出版社，頁294-304。

竺家寧，1981，《古漢語複聲母研究》，中國文化大學中國文學研究所博士論文。

竺家寧，1995，〈《說文》音訓所反映的帶l複聲母〉，《音韻探索》，台北：台灣學生書局，頁87-113。

竺家寧，2001，〈論上古的流音聲母〉，《聲韻論叢》10輯，頁69-84。

邵榮芬，1991，〈匣母字上古一分為二試析〉，《語言研究》1期，頁118-127。

邵榮芬，1995，〈匣母字上古一分為二再證〉，《中國語言學報》7期；收入《邵榮芬音韻學論集》，北京：首都師範大學出版社，1997年，頁45-68。

金理新，1999，〈上古漢語的*l-和*r-輔音聲母〉，《溫州師範學院學報》20卷4期，頁53-61。

金理新，2001，〈上古漢語的*-l-中綴〉，《溫州師範學院學報》22卷5期，頁18-25。

金理新，2014，〈漢藏語的數詞〉，《高山流水：鄭張尚芳教授八十壽誕慶祝文集》，上海：上海教育出版社，頁229-259。

俞　敏，1999，〈後漢三國梵漢對音譜〉，《俞敏語言學論文集》，北京：商務印書館，頁1-62。

胡　坦，1964，〈哈尼語元音的鬆緊〉，《中國語文》1期；收入《藏語研究文選》，北京：中國藏學出版社，2002年，頁581-612。

孫玉文，2002，〈《漢語歷史音韻學．上古篇》指誤〉，《古漢語研究》4期，頁13-23。

孫宏開，1999，〈原始漢藏語的複輔音問題〉，《民族語文》6期，頁1-8。

孫宏開，2001a，〈原始漢藏語輔音系統中的一些問題〉，《民族語文》1期，頁1-11。

孫宏開，2001b，〈原始漢藏語中的介音問題〉，《民族語文》6期，頁1-12。

格桑居冕，1982，〈藏語動詞的使動範疇〉，《民族語文》第5期，頁27-39。

格桑居冕，1991，〈藏文字性法與古藏語音系〉，《民族語文》第6期，頁12-22，轉35。

耿振生，2003，〈論諧聲原則——兼評潘悟雲教授的「形態相關說」〉，《語言科學》2卷5期，頁10-28。

耿振生，2005，〈漢語音韻史與漢藏語的歷史比較〉，《湖北大學學報》32卷1期，頁81-88。

馬提索夫（Matisoff, J. A.），2006，〈歷史語言學研究不是奧林匹克競賽——回覆何九盈〈漢語和親屬語言比較研究的基本原則〉一文〉，《語言學論叢》第34輯，北京：商務印書館，頁346-359。
張均如，1983，〈壯侗語族塞擦音的產生和發展〉，《民族語文》3月1期，頁19-29。
梅祖麟，1986，〈上古漢語*s-前綴的構詞功能〉，《第二屆國際漢學會議論文集》，台北：中研院史語所，頁23-32。
梅祖麟，1988，〈內部構擬漢語三例〉，《中國語文》第3期；收入《梅祖麟語言學論文集》，北京：商務印書館，2000年，頁352-376。
梅祖麟，2000，〈中國語言學的傳統與創新〉，《學術史與方法學的省思》（中研院史語所70周年研討會論文集），頁475-500。
梅祖麟，2002，〈有中國特色的漢語歷史音韻學〉，*Journal of Chinese Linguistics* 30.2, 頁211-239。
梅祖麟，2003，〈比較方法在中國，1926~1998〉，《語言文字學》6期，頁11-21。
郭錫良，2002，〈歷史音韻學研究中的幾個問題〉，《古漢語研究》3期；收入《漢語史論集》（增補本），北京：商務印書館，頁441-466。
郭錫良，2003，〈音韻問題答梅祖麟〉，《古漢語研究》3期，頁2-17。
陳其光，2001，〈漢語苗瑤語比較研究〉，《漢藏語同源詞研究——漢藏、苗瑤同源詞專題研究》㈡，南寧：廣西民族出版社，頁129-651。
陳新雄，1981，〈群母古讀考〉，《輔仁學誌》10期，頁221-252。
陳新雄，1982，〈從《詩經》的合韻現象看諸家擬音的得失〉，《輔仁學誌》6月11期；收入《鍥不舍齋論學集》，台北：台灣學生書局，1990年，頁37-59。

陳新雄，1991，〈《毛詩》韻三十部諧聲表〉，《孔孟學報》61期；收入《文字聲韻論叢》，台北：東大圖書公司，1994年，頁135-150。

陳新雄，1992，〈李方桂先生《上古音研究》的幾點質疑〉，《中國語文》6期；收入《文字聲韻論叢》，台北：東大圖書公司，1994年，頁47-61。

陸志韋，1940，〈試擬《切韻》聲母之音值——並論唐代長安語之聲母〉，《燕京學報》28期；收入《陸志韋語言學著作集㈡》，北京：中華書局，1999年，頁507-521。

喻世長，1986，〈邪—喻相通和動—名相轉〉，《音韻學研究》2輯，北京：中華書局，頁44-51。

雅洪托夫（Yakhotov, S. E），1960，〈上古漢語的複輔音聲母〉；收入《漢語史論集》，唐作藩、胡雙寶選編，北京：北京大學出版社，1986年，頁42-52。

雅洪托夫（Yakhotov, S. E），1976，〈上古漢語的開頭輔音L和R〉；收入《漢語史論集》，唐作藩、胡雙寶選編，北京：北京大學出版社，1986年，頁156-165。

黃布凡，1981，〈古藏語動詞的形態〉，《民族語文》第3期，頁1-13。

黃布凡，1997，〈原始藏緬語動詞後綴*-s的遺跡〉，《民族語文》第1期，頁1-7。

黃樹先，1997，〈古文獻中的漢藏語前綴*a-〉，《民族語文》第6期，頁39-40。

黃樹先，2003，〈漢語緬語的形態比較〉，《民族語文》第2期，頁22-25。

楊濬豪，2014，《鄭張尚芳上古音系統研究》，國立中興大學中國文學系碩士論文。

趙元任，1927，〈高本漢的諧聲說〉，《國學論叢》1卷2號；收入《趙元任語言學論文集》，北京：商務印書館，2002年，頁209-239。

潘悟雲，1984，〈非喻四歸定說〉，《溫州師專學報》1期；收入《音韻論集》，上海：中西書局，2012年，頁35-54。

潘悟雲，1987，〈諧聲現象的重新解釋〉，《溫州師範學院學報》4期；收入《音韻論集》，上海：中西書局，2012年，頁109-126。

潘悟雲，1991，〈上古漢語使動詞的屈折形式〉，《溫州師範學院學報》2期；收入《著名中年語言學家自選集·潘悟雲卷》，安徽：安徽教育出版社，2002年，頁52-68。

潘悟雲，1997，〈喉音考〉，《民族語文》5期，頁10-24。

潘悟雲，2002，〈流音考〉，《東方語言文化》，上海：東方出版中心，頁118-146。

潘悟雲，2007，〈上古漢語的韻尾*-l與*-r〉，《民族語文》1期，頁3-8。

鄭張尚芳，1984，〈上古音構擬小議〉，《語言學論叢》14輯，北京：商務印書館，頁36-49。

鄭張尚芳，1987，〈上古韻母系統和四等、介音、聲調的發源問題〉，《溫州師範學院學報》4期。

鄭張尚芳，1990，〈上古漢語的s-頭〉，《溫州師範學院學報》4期；收入趙秉璇、竺家寧編《古漢語複聲母論文集》，北京：北京語言文化大學出版社，1998年，頁335-351。

鄭張尚芳，1999，〈漢語塞擦音聲母的來源〉，江藍生、侯精一主編：《漢語現狀與歷史研究》，北京：中國社會科學出版社；收入《鄭張尚芳語言學論文集》（上冊），北京：中華書局，

2012年，頁431-436。
鄭張尚芳，2003，〈中古三等專有聲母非、章組、日喻邪等母的來源〉，《語言研究》23.2，頁1-4。
鄭張尚芳，2006，〈上古漢語的元音、韻尾及聲調的發源〉，趙嘉文等編《漢藏語言研究》，北京：民族出版社，頁74-81。
薛德才，2002，〈藏文*-r、*-l韻尾與上古漢語若干韻尾的對應——兼論前上古漢語的複輔音韻尾〉，《上海大學學報》9卷5期，頁60-65。
羅常培，1939，〈《經典釋文》和原本《玉篇》反切中的匣于兩紐〉，《史語所集刊》8.1；收入《羅常培語言學論文選集》，台北：九思出版社，1978年，頁117-121。
龍宇純，1971，〈論聲訓〉，《清華學報》新9卷2期，頁86-95。
龍宇純，1979，〈上古陰聲字具輔音韻尾說檢討〉，《中研院史語所集刊》50.4，頁679-716。
龔煌城，1977，〈古藏文的y及其相關問題〉，《中研院史語所集刊》48.2；收入《漢藏語研究論文集》，台北：中研院語言所籌備處，2002年，頁379-399。
龔煌城，1990，〈從漢藏語的比較看上古漢語若干聲母的擬測〉，《西藏研究論文集》3；收入《漢藏語研究論文集》，台北：中研院語言所籌備處，2002年，頁31-47。
龔煌城，1993，〈從漢、藏語的比較看漢語上古音流音韻尾的擬測〉，《西藏研究論文集》4；收入《漢藏語研究論文集》，台北：中研院語言所籌備處，2002年，頁49-65。
龔煌城，2000a，〈從漢藏語的比較看上古漢語的詞頭問題〉，《語言暨語言學》1.2；收入《漢藏語研究論文集》，台北：中研院語言所籌備處，2002年，頁161-182。
龔煌城，2000b，〈從原始漢藏語到上古漢語以及原始藏緬語的韻母演變〉，第3屆國際漢學會議・語言組論文；收入《漢藏語研究論文集》，台北：中研院語言所籌備處，2002年，頁213-241。

龔煌城，2001，〈上古漢語與原始漢藏語帶r與l複聲母的構擬〉，《台大文史哲學報》54；收入《漢藏語研究論文集》，台北：中研院語言所籌備處，2002年，頁183-211。

龔煌城，2007，〈漢語與苗瑤語同源關係的檢討〉，《中國語言學集刊》創刊號1.1，北京：中華書局，頁245-260。

龔煌城，2010，〈漢藏比較語言學中的幾個問題〉，《中研院史語所集刊》81.1：193-228；收入《龔煌城漢藏語比較研究論文集》，台北：中央研究院語言學研究所，2011年。

三、外文資料

Benedict, P. K.（本尼迪克特） 1972 *Sino-Tibetan: A Conspectus*, Cambridge University Press；中譯本《漢藏語言概論》，樂賽月、羅美珍譯，中國社會科學院民族研究所語言室，1984年。

Bodman, N. C.（包擬古） 1969 “Tibetan sdud ‘Folds of a Garment’ the Character 卒 and the *st-Hypothesis”, *Bulletin of the Institute of History and Phlology, Academia Sinica*, Vol. 39, Part 2；中譯文〈藏文的sdud（衣褶）與漢語的「卒」及*st-假説〉，馮蒸譯，收入《原始漢語與漢藏語》，北京：中華書局，1995年北京1刷，頁1-24。

Bodman, N. C.（包擬古） 1973 “Some Chinese Reflexes of Sino-Tibetan s- Clusters”, *Journal of Chinese Linguistics* 1.3；中譯文〈漢藏語中帶s-的複輔音聲母在漢語中的某些反映形式〉，馮蒸譯，收入《原始漢語與漢藏語》，北京：中華書局，1995年北京1刷，頁25-45。

Bodman, N. C.（包擬古） 1980 “Proto-Chinese and Sino-Tibetan:

Data towards establishing the nature of the relationship", *Contribution to Historical Linguistics: Issues and Materials*, 34-199. Leiden: E. J. Brill.；中譯文〈原始漢語與漢藏語〉，潘悟雲、馮蒸譯，收入《原始漢語與漢藏語》，北京：中華書局，1995年北京1刷，頁46-241。

Coblin, W. S.（柯蔚南） 1976 "Notes on Tibetan Verbal Morphology", *T'oung Pao* 52；中譯文〈藏語動詞的形態變化〉，俞觀型譯，《民族語文研究情報資料集㈢》，1984年，頁107-132。

Coblin, W. S.（柯蔚南） 1986 *A Sinologist's Handlist of Sino-Tibetan Lexical Comparisons*, Nettetal: Steyler Verlag.

Gong, Hwang-cherng（龔煌城） 1980 "A Comparative Study of the Chinese, Tibetan, and Burmese Vowel Systems", *Bulletin of Institute of History and Philology(BIHP)* 51.3；收入《漢藏語研究論文集》，台北：中研院語言所籌備處，2002年，頁1-30。

Gong, Hwang-cherng（龔煌城） 1994 "The First Palatalization of Velars in Late Old Chinese", *In Honor of William S.-Y. Wang: Interdisciplinary Studies on Language and Language Change*；收入《漢藏語研究論文集》，台北：中研院語言所籌備處，2002年，頁67-77。

Haudricourt, A. G.（奥德里古） 1954a "Del' origine des tons du vietnamien", *Journal Asiatique* 242:69-82；中譯文〈越南語聲調的起源〉，馮蒸譯，收入《民族語文研究情報資料集㈦》，北京：中國社科院民族所語言室編，1986年，頁88-96。

Haudricourt, A. G.（奥德里古） 1954b "Comment reconstruire le chinois archaïque", *Word* 10；〈怎樣 擬測上古漢語〉，馬學進譯，收入《中國語言學論集》，台北：幼獅文化事業公司，1979年，頁198-226。

Jackson T.-S. Sun（孫天心） 1992 "Review of *Zangmianyu Yuyiu He Cihui*（*Tibeto-Burman Phonology and Lexicon*）", *Linguistics of the Tibeto-Burman Area* 15.2:73-113

Koerber, H. N. 1935 *Morphology of the Tibetan Language*, Los Angeles & San Francisco: Suttonhouse.

Karlgren, B.（高本漢） 1933 "Word Families in Chinese", *Bulletin of the Museum of Far Eastern Antiquities* 5；中譯本《漢語詞類》，張世祿譯，上海：商務印書館，1937年。

Karlgren, B.（高本漢） 1940 "Grammata Serica", *Bulletin of the Museum of Far Eastern Antiquities* 12，1957年修訂為"Grammata Serica Recensa", *Bulletin of the Museum of Far Eastern Antiquities* 29；中譯本《漢文典》（修訂本），潘悟雲等編繹，上海：上海辭書出版社，1997年。

Li, Fang-kuei（李方桂） 1933 "Certain Phonetic Influences of the Tibetan Prefixes upon the Root Initials",《中央研究院歷史語言研究所集刊》4.2，頁135-157；中譯文〈藏文前綴音對於聲母的影響〉，馮蒸譯，《漢語音韻學論文集》，北京：首都師範大學出版社，1997年，頁639-670。

Li, Fang-kuei（李方桂）、Coblin, W. S.（柯蔚南） 1987 *A Study of the Old Tibetan Inscriptions*,《中央研究院歷史語言研究所專刊》91。

Pulleyblank, E.G.（蒲立本） 1962 "The Consonantal System of Old Chinese", *Asia Major* 9；中譯本《上古漢語的輔音系統》，潘悟雲、徐文堪譯，北京：中華書局，1999年。

Pulleyblank, E.G.（蒲立本） 1973 "Some New Hypotheses Concerning Word Families in Chinese", *Journal of Chinese Linguistics* 1.1:111-125.

Pulleyblank, E.G.（蒲立本） 1994 "The Old Chinese Origin fo Type A and B Syllables", *Journal of Chinese Linguistics* 22.1:73-100.

Sagart, L.（沙加爾） 1999 *The Root of Old Chinese*, John Benjamins Publishing Company, Amsterdam/Philadelphia；中譯本《上古漢語詞根》，龔群虎譯，上海教育出版社，2004年。

Sagart, L.（沙加爾） 1993 "Chinese and Austronesian: Evidence for a Genetic Relationship", *Journal of Chinese Linguistics* 21.1:1-63.

Sagart, L.（沙加爾） 2003 "Sources of Middle Chinese Manner Types: Old Chinese Prenasalized Intials in Hmong-Mien and Sino-Tibetan Perspective", *Language and Linguistics* 4.4:757-768.

Schussler, A.（薛斯勒） 1974 "R and L in Archaic Chinese", *Journal of Chinese Linguistics* 2.2:186-199.

Schussler, A.（薛斯勒） 1976 *Affixes in Proto-Chinese*, Franz Steiner Verlag GMBH, Wiesbaden.

Wolfenden, S. N.（沃爾芬登） 1929 *Outlines of Tibeto-Burman Linguistics Morphology*, London: Royal Asiatic Society.

Ting, Pang-hsin（丁邦新） 1977 "Archaic Chinese *g, *gw, *γ and *γw", Monumenta Serica 33:171-179.

Yang, Fu-mien（楊福綿） 1991 "Proto-Chinese Prefixes as Reflected in Archaic Polyphonous Characters"（〈反映在上古漢語多音字中的原始漢語前綴〉），《語言研究》1：133-144.

四、語料及其他

丁邦新、孫宏開，http://iea.cass.cn/stdpi/index.htm 漢藏語言詞語資料庫導覽

王 力，1982，《同源字典》，北京：商務印書館，1999年5刷。

王輔世，1985，《苗語簡志》，北京：民族出版社。

北京大學中國語言文學語言學教研室編，1989，《漢語方音字彙》（第二版），北京：文字改革出版社。

邢公畹，1999，《漢台語比較手冊》，北京：商務印書館。

施向東，2000，〈漢—藏同源詞譜〉，《漢語和藏語同源體系的比較研究》，北京：華語教學出版社，頁23-145。

徐琳、趙衍蓀，1984，《白語簡志》，北京：民族出版社。

高本漢，1940，《漢文典》（修訂本），上海：上海辭書出版社，1997年。

陸紹尊，1983，《普米語簡志》，北京：民族出版社。

陸紹尊，1986，《錯那門巴語簡志》，北京：民族出版社。

賀嘉善，1983，《仡佬語簡志》，北京：民族出版社。

黃布凡主編，1992，《藏緬語族語言詞彙》，北京：中央民族學院出版社。

華侃主編，2002，《藏語安多方言詞彙》，蘭州：甘肅民族出版社。

戴慶廈等，1991，《藏緬語十五種》，北京：北京燕山出版社。

《藏緬語語音和詞彙》編寫組，1991，《藏緬語語音和詞彙》，北京：中國社會科學出版社。

藤堂明保，1965，《漢字語源辭典》，東京：學燈社。

Note

國家圖書館出版品預行編目資料

從漢藏比較看漢語詞族的形態音韻／丘彥遂著. -- 一版. -- 臺北市 : 五南, 2016.01
面 ; 公分

ISBN 978-957-11-8509-5(平裝)

1.漢語 2.聲韻學 3.比較語言學

802.4 105001305

1X8R 五南當代學術叢刊 23

從漢藏比較看漢語詞族的形態音韻

作　者 — 丘彥遂
發 行 人 — 楊榮川
總 編 輯 — 王翠華
主　編 — 黃惠娟
責任編輯 — 蔡佳伶
封面設計 — 陳翰陞
出 版 者 — 五南圖書出版股份有限公司
地　址：106台北市大安區和平東路二段339號4樓
電　話：(02)2705-5066　傳　真：(02)2706-6100
網　址：http://www.wunan.com.tw
電子郵件：wunan@wunan.com.tw
劃撥帳號：01068953
戶　名：五南圖書出版股份有限公司

法律顧問　林勝安律師事務所　林勝安律師

出版日期　2016年 1 月初版一刷
定　價　新臺幣280元

凝煉知識品味閱讀